氷《こおり》の上《うえ》のプリンセス

こわれたペンダント

風野 潮／作　Nardack／絵

講談社 青い鳥文庫

もくじ

おもな登場人物《とうじょうじんぶつ》

春野《はるの》かすみ

小学《しょうがく》6年生《ねんせい》。5年生《ねんせい》の冬《ふゆ》に
父親《ちちおや》を交通事故《こうつうじこ》で亡《な》くし、
新《あたら》しい町《まち》に引《ひ》っ越《こ》してきた。

小泉真子《こいずみまこ》

かすみの同級生《どうきゅうせい》。
がんばり屋《や》で、
正義感《せいぎかん》が強《つよ》い。

水島《みずしま》 塁《るい》

かすみの同級生《どうきゅうせい》。
真子《まこ》とはいとこ同士《どうし》。

涼森美桜《すずもりみお》

雑誌《ざっし》のモデルや
子役《こやく》もこなす、
美人《びじん》の同級生《どうきゅうせい》。

瀬賀冬樹《せがふゆき》

中学《ちゅうがく》3年生《ねんせい》。
容姿《ようし》と実力《じつりょく》をかねそなえた、
全日本《ぜんにほん》ジュニアチャンピオン。

星崎真白《ほしざきましろ》

瀬賀冬樹《せがふゆき》と幼《おさな》なじみの中学《ちゅうがく》3年生《ねんせい》。
全日本《ぜんにほん》ジュニア2位《い》。

1 リンクサイドの幽霊《ゆうれい》

スケートリンクに軽快《けいかい》な音楽《おんがく》がひびくと、みんなそれぞれの練習《れんしゅう》を続《つづ》けながらも、視線《しせん》は一点《いってん》に集中《しゅうちゅう》した。

流《なが》れだしたのはジャズの名曲《めいきょく》『シング・シング・シング』。

桜ケ丘《さくらがおか》スケートクラブのエース、瀬賀冬樹《せがふゆき》くんの今《こん》シーズンのショートプログラムの曲《きょく》だ。

高《たか》さも飛距離《ひきょり》も完《かん》ぺきなトリプルアクセルから始《はじ》まって、コンビネーションジャンプもステップからのジャンプも軽々《かるがる》と決《き》めていく。

フリーの『白鳥《はくちょう》の湖《みずうみ》』の優雅《ゆうが》さとはまたちがった、明《あか》るくてさわやかな演技《えんぎ》に、思《おも》わず夢中《むちゅう》になって見《み》てしまった。

「かすみちゃん！　見《み》とれてないで、ほら集中《しゅうちゅう》、集中《しゅうちゅう》！」

手《て》をたたきながら声《こえ》をかけられて、ハッと我《われ》に返《かえ》った。

いつのまにか瀬賀《せが》くんの曲《きょく》が終《お》わって、リンクの中《なか》はいつもどおりに動《うご》きだしているのに、わたしだけぼーっとしちゃってたんだ。

「す、すみません。」

寺島先生《てらしませんせい》にあやまりながら、近《ちか》くにすべりよる。

「あとはもう、細《こま》かいところの確認《かくにん》だけだから。もうちょっとがんばろう！」

「はいっ！」

先生《せんせい》が肩《かた》のあたりまで持《も》ち上《あ》げた小《ちい》さめのＣＤ《シーディー》ラジカセから、音楽《おんがく》が流《なが》れはじめる。

小《ちい》さめっていっても、ｉＰｏｄ《アイポッド》みたいな携帯《けいたい》プレーヤーにくらべるとかなり大《おお》きいけど、動《うご》きながら聞《き》くためにはスピーカーのついているラジカセのほうがいいんだって。

寺島先生《てらしませんせい》とわたしは、全日本《ぜんにほん》ジュニア選手権《せんしゅけん》に向《む》けて、新《あたら》しいショートプログラムの振《ふ》り付《つ》け中《ちゅう》なんだ。

わたし・春野《はるの》かすみと、同《おな》じスケートクラブ仲間《なかま》の涼森美桜《すずもりみお》ちゃんは、全日本《ぜんにほん》ノービス選手権《せんしゅけん》のノービスA《エー》（十一歳《さい》〜十三歳《さい》）女子《じょし》で三位以内《いいない》に入《はい》って、全日本《ぜんにほん》ジュニアに出場《しゅつじょう》できることになったんだけど。

今《いま》までもずっと好成績《こうせいせき》をとってて、アイスショーに出《で》ることも多《おお》かった美桜《みお》ちゃんとちがって、わたしはこれまで、シーズンごとにフリープログラムひとつだけしか、人前《ひとまえ》ですべったことがなかった。

ジュニアの試合《しあい》に出《で》るなら、ノービスA《エー》とはちがって二分五十秒《ふんびょう》のショートと三分半《ぷんはん》のフリーの二つのプログラムが必要《ひつよう》になるから、新《あたら》しく曲《きょく》を選《えら》んで振《ふ》り付《つ》けしなきゃいけなくなったわけ。

といってもほんとうは、まったく新《あたら》しい曲《きょく》ってわけじゃないんだけどね。

今《いま》ラジカセから流《なが》れているのは、おとといのノービスB《ビー》のときに使《つか》った曲《きょく》、ファリャ作《さっ》曲《きょく》『火祭《ひまつ》りの踊《おど》り』。

以前《いぜん》は二分半《ふんはん》に編曲《へんきょく》していたのを、寺島先生《てらしませんせい》が二分《ふん》五十秒《びょう》に編曲《へんきょく》しなおしてくれて、ジャンプの種類《しゅるい》やステップもジュニアの試合用《しあいよう》に作《つく》りかえてくれた。

先週《せんしゅう》、全日本《ぜんにほん》ノービスから帰《かえ》ってきてから、東日本選手権《ひがしにほんせんしゅけん》をはさんだ一週間《しゅうかん》で、だいたいの振《ふ》り付《つ》けは終《お》わって、あとは全体《ぜんたい》の流《なが》れを見《み》て細《こま》かいところを確認《かくにん》するだけ。

ジャンプもステップも、二年前《ねんまえ》のプログラムよりかなりむずかしくなっているけど、曲《きょく》そのものはよくおぼえているから、とてもやりやすい。

今年《ことし》の二月《がつ》に交通事故《こうつうじこ》で亡《な》くなってしまったパパが、家《いえ》でもよくこの曲《きょく》を流《なが》してくれて、せまい部屋《へや》のたたみがすり切《き》れるぐらい、いっしょに練習《れんしゅう》した思《おも》い出《で》の曲《きょく》でもあるし。

引《ひ》っ越《こ》してすぐのころまでは、パパのことを思《おも》いだすとつらくて体《からだ》が動《うご》かなくなったりしたこともあったけど、今《いま》はちがうの。

パパとすごしたいろんなことを思《おも》いだせるから、スケートするのが楽《たの》しいんだ。

きっとどこかでパパが見守《みまも》ってくれてるって思《おも》えるから、なにがあってもがんばろうって思《おも》う。

「ラストのスピンのところは、指先《ゆびさき》まで表情《ひょうじょう》をつけて。そうそう、炎《ほのお》がメラメラ燃《も》えてるような感《かん》じでね。」

最後《さいご》のクロスフットスピンのときに、あげた両手《りょうて》を複雑《ふくざつ》に動《うご》かして、炎《ほのお》が燃《も》えている様子《ようす》を表現《ひょうげん》する。

フリーの最後《さいご》のスピンは、エッジをつかんで頭《あたま》の上《うえ》まで足《あし》を持《も》ち上《あ》げるむずかしいビールマンスピンなんだけど、ショートではビールマンスピンは前半《ぜんはん》でやって、最後《さいご》は回転《かいてん》している軸足《じくあし》にもう片方《かたほう》の足《あし》を交差《こうさ》させて回《まわ》るクロスフットスピンで終《お》わる。

その代《か》わり、上半身《じょうはんしん》や手《て》を大《おお》きく動《うご》かして、燃《も》える炎《ほのお》を表現《ひょうげん》することにしていた。

『かすみ、最後《さいご》まで勢《いきお》いよく回《まわ》るんだよ。炎《ほのお》の妖精《ようせい》が元気《げんき》に踊《おど》ってるみたいにね。』

さっきの先生《せんせい》の言葉《ことば》に加《くわ》えて、パパからいわれた言葉《ことば》も思《おも》いだしながら、曲《きょく》のラストに向《む》かって、勢《いきお》いよく回《まわ》り続《つづ》けた。

わたしの振《ふ》り付《つ》けが終《お》わると、寺島先生《てらしませんせい》は瀬賀《せが》くんのところに行《い》って、さっき通《とお》していた『シング・シング・シング』の振《ふ》り付《つ》けの確認《かくにん》をしはじめた。

思《おも》わず、また瀬賀《せが》くんに見《み》とれてしまいそうになって、首《くび》をブンブン横《よこ》に振《ふ》る。

ちゃんと自分《じぶん》の練習《れんしゅう》に集中《しゅうちゅう》しなきゃ。

今日《きょう》は十一月四日《がつよっか》。

二十二日《にち》に始《はじ》まる全日本《ぜんにほん》ジュニア選手権《せんしゅけん》まで、もう二十日《はつか》もないんだから、一秒《びょう》たりとも時間《じかん》をむだにできない。

ショートプログラムのステップを練習《れんしゅう》していると、リンクのBGM《ビージーエム》がまた変《か》わった。

これは星崎真白《ほしざきましろ》ちゃんのショートの曲《きょく》『リベルタンゴ』だ。

真白《ましろ》ちゃんは、同《おな》い年《どし》（中三《ちゅう》）の瀬賀《せが》くんと同《おな》じく、桜ヶ丘《さくらがおか》スケートクラブのエース。

この夏《なつ》、大阪《おおさか》から引《ひ》っ越《こ》してきたんだけど、小学三年生《しょうがくねんせい》までは東京《とうきょう》に住《す》んでてうちのクラブに入《はい》ってたから、すぐみんなと仲《なか》よくなった。

昔《むかし》こっちにいたっていうだけじゃなくて、真白《ましろ》ちゃんはかわいいうえに明《あか》るくてやさしいから、あっというまにクラブの人気者《にんきもの》になったんだ。

わたしみたいな地味《じみ》で内気《うちき》な子《こ》にも気軽《きがる》に声《こえ》をかけてくれる、ほんとうにいい人《ひと》なの。

性格《せいかく》がいいだけじゃなくて、真白《ましろ》ちゃんはスケートの実力《じつりょく》もすごい。ジャンプやスピンなどのエレメンツ（採点要素《さいてんようそ》になる技《わざ》）が確実《かくじつ》にできるだけじゃなくて、曲《きょく》に合《あ》わせた表《ひょう》現力《げんりょく》もすごいんだ。

フリーの『眠《ねむ》りの森《もり》の美女《びじょ》』では、すきとおるように美《うつく》しくて可憐《かれん》なお姫様《ひめさま》そのものに見《み》えるのに、ショートでは情熱的《じょうねつてき》なタンゴを踊《おど》る大人《おとな》の女《おんな》の人《ひと》みたいに見《み》える。

ほんと、すてきだなぁ……と思《おも》ってついまた見《み》とれてしまってたら、ステップをふむ真《ま》白《しろ》ちゃんの向《む》こう、客席《きゃくせき》のない側《がわ》のリンクサイドに、見《み》おぼえのある人影《ひとかげ》が見《み》えた。

白《しろ》いブラウスと水色《みずいろ》のビスチェ――バレエの『ジゼル』の衣装《いしょう》を着《き》て、髪《かみ》もお団子《だんご》にまとめたあの人《ひと》は、花音《かのん》さんだ！

花音《かのん》さんは、美桜《みお》ちゃんたちにいじめられてスケートをやめようかと思《おも》っていたとき、身《み》につけるとリラックスして実力《じつりょく》が出《だ》せる「魔法《まほう》のお守《まも》りペンダント」をくれた人《ひと》。

最初《さいしょ》は服装《ふくそう》から「ジゼルさん」とよんでたんだけど、半月《はんつき》ほど前《まえ》に、花音《かのん》さんっていう瀬《せ》賀《が》くんのおねえさんだったことがわかったの。

おねえさん「だった」っていい方《かた》はおかしいんじゃない？　って思《おも》うよね。

だけど、瀬賀《せが》くんのおねえさんは、今《いま》はもういない……七年《ねん》も前《まえ》に交通事故《こうつうじこ》で亡《な》くなった人《ひと》なんだ。

つまり、わかりやすくいうと、花音《かのん》さんは幽霊《ゆうれい》で、なぜかわたしだけにしか見《み》えないら

しい。

手《て》すりにひじをついてリンクの中《なか》をながめている花音《かのん》さんと、一瞬目《いっしゅんめ》が合《あ》って。あわてて ペコリと頭《あたま》を下《さ》げたら、花音《かのん》さんはうっすらとほほえんで会釈《えしゃく》してくれた。

「なにしてるの、かすみちゃん。そんなとこ向《む》いて、だれにあいさつしてんのよ?」

思《おも》いがけず声《こえ》をかけられて、思《おも》わずビクッととびあがった。

すぐ後《うし》ろにいたのは、スケートクラブ仲間《なかま》で学校《がっこう》のクラスも同《おな》じ小泉真子《こいずみまこ》ちゃん。この町《まち》に来《き》て、このスケートリンクにはじめて来《き》たときに知《し》り合《あ》った友《とも》だちで、今《いま》では一番《ばん》の親友《しんゆう》なんだ。

「だれもいないのにおじぎしてるなんて、まさか『青《あお》い女《おんな》の子《こ》』が見《み》えるとか……じゃないよな?」

真子《まこ》ちゃんのとなりでそういったのは、真子《まこ》ちゃんのいとこの水島塁《みずしまるい》くん。やっぱりクラスも同《おな》じで、男《おとこ》の子《こ》だけど親友《しんゆう》っていえるくらい仲《なか》がいい友《とも》だち。

急《きゅう》におどかすように後《うし》ろから肩《かた》をたたいたり、同《おな》い年《どし》にしてもちょっと子《こ》どもっぽいところがあるので、今《いま》もおどけて「ひゃあ〜こわ〜い。」なんていってるけど、それよりもさっきいった言葉《ことば》が気《き》になった。

「塁《るい》くん、『青《あお》い女《おんな》の子《こ》』ってなに？　それって、だれかがこのリンクで女《おんな》の子《こ》の幽霊《ゆうれい》を見《み》たってことなの？」

そうたずねると、塁《るい》くんがものすごい勢《いきお》いで話《はな》しだそうとしたので、真子《まこ》ちゃんが「リンクの真《ま》ん中《なか》でしゃべってちゃ迷惑《めいわく》だよ。」っていって、リンクサイドまで塁《るい》くんをひっぱっていった。

客席《きゃくせき》のいちばん下《した》の段《だん》に腰《こし》かけて、休憩《きゅうけい》がてら塁《るい》くんの話《はなし》を聞《き》いた。

わたしは今年《ことし》の春《はる》、真子《まこ》ちゃんは四年生《ねんせい》の春《はる》にこのスケートクラブに入《はい》ったので、六歳《さい》からここですべってる塁《るい》くんのほうが先輩《せんぱい》だから、このリンクにまつわるうわさ話《ばなし》や昔話《むかしばなし》もよく知《し》っている。

この桜《さくら》ヶ丘《がおか》リンクもかなり古《ふる》い建物《たてもの》なので、怪談《かいだん》めいた話《はなし》もいくつかあるらしい。

「六年前《ねんまえ》、おれがクラブに入《はい》ったころにすっげー流行《はや》ってて、最近《さいきん》あんまり聞《き》かなくなった話《はなし》が『青《あお》い女《おんな》の子《こ》』ってやつなんだ。このリンクで試合《しあい》があるときとか、たまーにふっうの練習《れんしゅう》のときにも、あっちの、座席《ざせき》がないほうのリンクサイドに、うっすらと青《あお》い人影《ひとかげ》みたいなのが見《み》えるんだって。」

「うっすらと人影《ひとかげ》みたいなの……っていってるのに、なんでそれが女《おんな》の子《こ》だってわかるのよ。」

真子《まこ》ちゃん、あいかわらず鋭《するど》いなぁ。たしかに、うっすら見《み》えてるだけだったら、年齢《ねんれい》や性別《せいべつ》はわからないよね。

「それがさぁ、人《ひと》によって見《み》え方《かた》がちがうらしいんだ。ほんとにうっすら青《あお》っぽい影《かげ》しか見《み》えない人《ひと》もいれば、なんとなくスカートはいてるみたいだな〜、女《おん》の子《こ》なのかな〜、ぐらいまで見《み》える人《ひと》もいたんだって。それに……。」

それに……、っていったまま塁《るい》くんが急《きゅう》にだまりこんだので、真子《まこ》ちゃんとふたり首《くび》をかしげる。

「それに、どうしたの？」

顔《かお》をのぞきこんでたずねてみると、塁《るい》くんはぎゅっと苦《くる》しげに眉間《みけん》にシワをよせていた。

ふうっと息《いき》を吐《は》いてから、顔《かお》を上《あ》げて塁《るい》くんはまた話《はな》しはじめた。

「最初《さいしょ》のころ、うわさだけど、その幽霊《ゆうれい》の正体《しょうたい》はだれだか知《し》ってるって、はっきり名前《なまえ》をいう子《こ》もいたんだよね。このリンクであったブロック大会《たいかい》の朝《あさ》に交通事故《こうつうじこ》で亡《な》くなった子《こ》が、試合《しあい》に出《で》たくてたまらなくて、姿《すがた》を現《あらわ》してるんだって。」

聞《き》いた瞬間《しゅんかん》、急《きゅう》に心臓《しんぞう》がドキドキしはじめた。

それって、花音《かのん》さんのことじゃないの。

「塁《るい》は、その子《こ》の名前《なまえ》、聞《き》いたの？」

わたしの聞《き》きたかったことを、また真子《まこ》ちゃんが先《さき》に聞《き》いてくれた。

塁《るい》くんは、「うーん。」と眉間《みけん》にシワをよせて考《かんが》えこんだ。

「聞《き》いたことは聞《き》いたんだけど、たぶん、こわくなって忘《わす》れたんだよな。」

「え、それどういうこと？」

「だって、そのうわさを流《なが》してた子《こ》……といっても、そのころ中学生《ちゅうがくせい》ぐらいの、おれから見《み》たらすげー年上《としうえ》の人《ひと》だけど……その人《ひと》も、事故《じこ》にあって、死《し》にはしなかったけど、大《おお》ケガしてスケートやめちゃったんだ。なんか『たたり』みたいでこわくてさぁ、すぐにほかのみんなも、その話《はなし》をしなくなったんだ。」

たたり……なんて、ほんとにあるのかな？

だって、わたし何度《なんど》も花音《かのん》さんと会《あ》ってるけど、幽霊《ゆうれい》だけどとてもやさしい人《ひと》で、そんな他人《ひと》にたたったり呪《のろ》ったりするようには見《み》えなかったよ。

ぼんやりそんなことを考《かんが》えてたら、真子《まこ》ちゃんに肩《かた》をつかんでゆさぶられてた。

「かすみちゃん、だいじょうぶ？　そんなこわい幽霊見《ゆうれいみ》ちゃったら、呪《のろ》われたりしてない？」

「え？　あ、っと……さ、さっきのは、幽霊《ゆうれい》じゃ、なくってね……。」

真子《まこ》ちゃんがわたしのこと心配《しんぱい》してくれてるのはうれしいけど、花音《かのん》さんがほんとにいるなんてわかったら、またうわさがひろがって、みんなパニックになっちゃうかもしれない。なんとかごまかさないと。

「あの、あっち側《がわ》って、よく夏野《なつの》さんが見《み》にきてくれてるでしょ。なんか、今日《きょう》もいるような気《き》がしちゃって、つい頭《あたま》を下《さ》げてしまってたの。」

「ああ、かすみちゃんに奨学金《しょうがくきん》を出《だ》してくれてる、もとコーチのおばあさんね。たしかに、ときどきあのあたりにすわってるよね。」

あーよかったぁ、幽霊《ゆうれい》じゃなくて——そういってホッとしている真子《まこ》ちゃんを見《み》て、わたしもホッと胸《むね》をなでおろす。

でも、それにしても、昔《むかし》そんなうわさが立《た》ってたなんて知《し》らなかった。

そのこと、瀬賀《せが》くんは知《し》っているのかな。自分《じぶん》のおねえさんが、幽霊《ゆうれい》になって出《で》てきたなんてうわさ、もし聞《き》いてしまったら、きっとイヤな気分《きぶん》になるよね。

ふと、リンクの中《なか》でジャンプ練習《れんしゅう》している瀬賀《せが》くんを目《め》で追《お》っていると、その姿《すがた》をじっとながめている花音《かのん》さんが見《み》えて、なんだか胸《むね》がいたくなった。

2　ママの代役《だいやく》

最近《さいきん》、リンクの中《なか》でよく花音《かのん》さんの姿《すがた》を見《み》かけるようになった。三日前《みっかまえ》に、花音《かのん》さんらしきリンクの幽霊《ゆうれい》の話《はなし》を聞《き》いて、意識《いしき》するようになったせいもあるのかな。

ふと気《き》づくと、座席《ざせき》のない側《がわ》のリンクサイドに立《た》って、瀬賀《せが》くんの練習《れんしゅう》している姿《すがた》をほほえみながら見《み》ている花音《かのん》さんがいる。

話《はな》しかけたりしても、ほかの子《こ》たちから見《み》れば、わたしがひとりごといってるようにしか見《み》えないんだろうな。そう思《おも》うから、わざわざあっち側《がわ》に行《い》ったりはしないけど、やっぱり気《き》になってしまう。


はじめて花音《かのん》さんと会《あ》ったのは、このリンクがある公園内《こうえんない》のベンチだった。

そしてそのすぐあと、スケートクラブのフェスティバルですべっていたら、今《いま》も立《た》っている手《て》すりのところからわたしのことを見《み》てくれていた。

こっちに来《き》てはじめて出場《しゅつじょう》した小中学生競技会《しょうちゅうがくせいきょうぎかい》のときにも、わたしの演技《えんぎ》を見《み》て拍手《はくしゅ》してくれてた。

だからてっきり、花音《かのん》さんはわたしの応援《おうえん》に来《き》てくれてるんだとばかり思《おも》ってたんだけど、ほんとはずっと瀬賀《せが》くんのことを見守《みまも》ってたんだね。

そういえば、この前名古屋《まえなごや》であった全日本《ぜんにほん》ノービスの会場《かいじょう》には、花音《かのん》さんは来《き》ていなかった。

瀬賀《せが》くんが出《で》てない大会《たいかい》だったせいもあるかな、とも思《おも》うけど、もしかしたら花音《かのん》さんは、このリンクから離《はな》れられないのかもしれない。

ほら、交通事故《こうつうじこ》で死《し》んだ猫《ねこ》が、その場所《ばしょ》から離《はな》れられない幽霊《ゆうれい》になって、妖怪化《ようかいか》しちゃったっていうキャラクターがいるじゃない？

えーと、たしか「地縛霊《じばくれい》」っていうんだっけ？　あんな感《かん》じでこのリンクのあたりだけにしか出《で》てこられない、そんな幽霊《ゆうれい》になってしまったのかも。

そんなこと思《おも》いながら花音《かのん》さんを見《み》ていると、ちょっと泣《な》きそうになってしまって、あわてて袖口《そでぐち》で目《め》をこすった。

壁《かべ》の時計《とけい》を見上《みあ》げると、今日《きょう》の練習時間《れんしゅうじかん》もあと二十分《ぷん》ぐらいになっていた。

いつもなら「あとちょっとだけ。」って思《おも》うと、大好《だいす》きなジャンプの練習《れんしゅう》をするんだけど、このごろは最後《さいご》にスピンの確認《かくにん》をすることが多《おお》い。

今日《きょう》も、フリーで使《つか》うフライングシットスピンやビールマンスピン、ショートの最後《さいご》、炎《ほのお》の妖精《ようせい》になって回《まわ》るクロスフットスピン……いろいろなタイプのスピンを練習《れんしゅう》した。

全日本《ぜんにほん》ノービスで、わたしと同《おな》い年《どし》のスピンのじょうずな仙台《せんだい》の子《こ》・七海優羽《ななみゆう》ちゃんと出会《であ》ったことで、あまり得意《とくい》じゃなかったスピンもがんばらなきゃって思《おも》うようになったんだ。

表彰式《ひょうしょうしき》のあと、別《わか》れるまでのわずかなあいだだったけど、優羽《ゆう》ちゃんと話《はな》したことをいつも思《おも》いだしながらスピンの練習《れんしゅう》をする。

『かすみちゃん、自分《じぶん》がスピン苦手《にがて》なんて思《おも》ってたの？　そんなの思《おも》いこみだよ。だってスピンもジャンプも回《まわ》るのはいっしょでしょ？　あんなに軽《かろ》やかで回転《かいてん》の速《はや》いジャンプがとべるんだから、スピンだってぜったいに速《はや》く回《まわ》れるはずだよ。』

優羽《ゆう》ちゃんがいうには、わたしのジャンプは無理《むり》な力《ちから》が入《はい》ってなくて軽《かろ》やかで回転《かいてん》が速《はや》い、すごくカッコいいジャンプなんだって。

優勝《ゆうしょう》した優羽《ゆう》ちゃんにほめられるなんて信《しん》じられないけど、あんなふうにいってくれた優羽《ゆう》ちゃんの期待《きたい》を裏切《うらぎ》りたくないとも思《おも》う。

ジャンプだって最初《さいしょ》は、パパのとぶジャンプが好《す》きで、まねしてるうちに得意《とくい》になったんだ。

だからスピンだって、優羽《ゆう》ちゃんのスピンにあこがれて、それをめざしながら練習《れんしゅう》し続《つづ》けていたら、きっとうまくなれるよね。


「かすみちゃん、そろそろ上《あ》がろっか。祐子《ゆうこ》さんが迎《むか》えにきてくれてるよ。」

「え、祐子《ゆうこ》さんが？」

回転《かいてん》を止《と》めて、声《こえ》をかけてくれた真子《まこ》ちゃんが指《ゆび》さしたリンクサイドを見《み》てみる。ママの友《とも》だちの祐子《ゆうこ》さんがこっちに手《て》を振《ふ》ってくれていた。

いつもなら、会社帰《かいしゃがえ》りのママが迎《むか》えにきてくれるのに、今日《きょう》はどうしたのかな。

そんなことをちょっと思《おも》いながら、真子《まこ》ちゃんと塁《るい》くんといっしょに、リンクから上《あ》がる。

「かすみちゃん、真子《まこ》ちゃん、おつかれさま。ふたりとも、どんどんうまくなるねえ。」

祐子《ゆうこ》さんにほめてもらえて、思《おも》わず顔《かお》がほころんだ。

真子《まこ》ちゃんは、「祐子《ゆうこ》さんありがとう～！」っていいながら、祐子《ゆうこ》さんに抱《だ》きついてる。わたしも、真子《まこ》ちゃんみたいに、もっとはっきり気持《きも》ちを伝《つた》えられたらなぁ……って、ちょっと思《おも》った。

「ええ～、おれは？　おれもどんどんうまくなってるよ！」

あ、そうだ、気持《きも》ちを言葉《ことば》や顔《かお》に出《だ》すことなら、塁《るい》くんがいちばんかもね。

祐子《ゆうこ》さんは笑《わら》いながら塁《るい》くんの頭《あたま》をなでた。

「ごめんごめん。塁《るい》くんも、ケガがなおったばかりだなんて思《おも》えないくらいうまくなってるよ。」

塁《るい》くんは全日本《ぜんにほん》ノービスの約《やく》一週間前《しゅうかんまえ》に足首《あしくび》をねんざして、試合《しあい》に出《で》られなくなってしまった。

ノービスA《エー》男子《だんし》の優勝候補《ゆうしょうこうほ》で、もし試合《しあい》に出《で》られていたら、今度《こんど》の全日本《ぜんにほん》ジュニアにもいっしょに行《い》けたかもしれないと思《おも》うと、すごく残念《ざんねん》。だけど、ケガしてから三週間《しゅうかん》で、すっかりもとどおりにすべれてるんだから、やっぱり塁《るい》くんはすごいなぁ。

真子《まこ》ちゃんや塁《るい》くんと話《はな》してる祐子《ゆうこ》さんに、さっき気《き》になったことをたずねてみた。

「祐子《ゆうこ》さん、今日《きょう》ママは、仕事《しごと》で遅《おそ》いの？」

「うーんとね、ママ、帰《かえ》るとちゅうになんか気分悪《きぶんわる》くなっちゃったんだって。吐《は》き気《け》がするっていうから、家《いえ》で休《やす》んでたほうがいいと思《おも》って、今日《きょう》はわたしが代役《だいやく》で来《き》たの。」

えっ、ママ気分《きぶん》が悪《わる》いって、だいじょうぶなのかな。

そう思《おも》ったのが顔《かお》に出《で》ちゃったのか、祐子《ゆうこ》さんは少《すこ》ししゃがんでわたしの目《め》を見《み》て、ほほえみながらいった。

「だいじょうぶ、心配《しんぱい》するほどのことないと思《おも》うよ。ちょっと吐《は》き気《け》がするだけで、熱《ねつ》もないし、ほかにいたいところもないんだって。もしかしたら風邪《かぜ》のひきはじめかもしれないから、みんなにうつしちゃたいへんだし、ってことで、わたしが代《か》わりに迎《むか》えにくることにしたわけ。」

心配《しんぱい》するほどのことないと思《おも》うよ、っていってくれたとおり、祐子《ゆうこ》さんといっしょに「ただいま～。」と家《いえ》に帰《かえ》ったときには、すっかり晩《ばん》ご飯《はん》のしたくができていた。

「ちょっと藍子《あいこ》、なにやってんの。買《か》い物《もの》ならわたしが行《い》くから、寝《ね》てなさいっていったでしょ。」

ぷりぷりしてる祐子《ゆうこ》さんに、ママは「まあまあ、そんなこわい顔《かお》しないで。」っていいながら、いれたてのお茶《ちゃ》をさしだした。

「スーパーはスケートリンクとちがってすぐ近《ちか》くだし、そこまで迷惑《めいわく》かけちゃ悪《わる》いよ。」

「今無理《いまむり》して、あとで倒《たお》れられるほうがよっぽど迷惑《めいわく》なんだけど。ほんとにだいじょうぶなの？」

「あしたの午前中《ごぜんちゅう》にお医者《いしゃ》さんでみてもらうから、だいじょうぶだよ。今日《きょう》はほんと、ごめんね。」

顔《かお》の前《まえ》で手《て》を合《あ》わせながらママがそういうと、祐子《ゆうこ》さんはふぅっとタメ息《いき》つきながら笑《わら》った。

そっか、あしたは土曜日《どようび》だから、ママも会社《かいしゃ》お休《やす》みだし、お医者《いしゃ》さんでみてもらえるから安心《あんしん》だよね。

焼《や》き魚《ざかな》とおみそ汁《しる》のかんたんな晩《ばん》ご飯《はん》を、祐子《ゆうこ》さんといっしょに食《た》べた。

ひさしぶりにテーブルを三人《にん》でかこむ食事《しょくじ》は、質素《しっそ》なメニューでもとてもおいしく感《かん》じられた。

3 どうして会《あ》いにいかないの！

今日《きょう》は土曜日《どようび》だから、午後《ごご》からはママが練習《れんしゅう》を見《み》にきてくれる。……はずなんだけど、もしかしたら今日《きょう》は無理《むり》かもしれない。

朝《あさ》、リンクに行《い》く時間《じかん》になっても、ママはふとんから出《で》てこなかった。

あとで心配《しんぱい》するからだまって出《で》かけちゃダメ、っていつもいわれてたから、奥《おく》の部屋《へや》のふすまを開《あ》けて「行《い》ってきます。」って声《こえ》をかけたんだけど。

「行《い》って、らっしゃい……。」

小《ちい》さな声《こえ》でいったママの顔《かお》には、目《め》の下《した》にうっすらとクマができていた。

思《おも》わずふとんのそばに膝《ひざ》をついて、たずねた。

「ママ。今日《きょう》は、ちゃんとお医者《いしゃ》さんに行《い》くんだよね？」

「うん、もうちょっとしたら、おきて病院《びょういん》行《い》ってくる。お昼《ひる》までには、お弁当《べんとう》持《も》ってリンクに行《い》くから、心配《しんぱい》しないで。」

そういってからにっこり笑《わら》ってくれたけど、やっぱりいつもとくらべたら元気《げんき》がなかった。

祐子《ゆうこ》さんがいってたみたいに、ママ、風邪《かぜ》ひいちゃったのかな。ゆうべの晩《ばん》ご飯《はん》もあんまり食《た》べなかったし。

でも、熱《ねつ》が出《で》たり、咳《せ》きこんだりはしてないみたいだから、そこまでひどくはないのかな。

春《はる》から会社《かいしゃ》につとめはじめて、あんまりまとまった休暇《きゅうか》もとってないから、疲《つか》れがたまってるのもあるかも。

うん、休《やす》みがあっても、わたしの練習《れんしゅう》を見《み》にきてくれたり、試合《しあい》に付《つ》きそってくれたり、ほとんど休《やす》めてないもんね。

リンクサイドで見《み》てると体《からだ》が冷《ひ》えるから、お弁当《べんとう》持《も》ってきてもらったら、すぐ家《いえ》に帰《かえ》って休《やす》んでもらおう。

いや、それよりも、電話《でんわ》して「お弁当《べんとう》は持《も》ってこなくていいよ。」って、いったほうがいいかな。公園《こうえん》近《ちか》くのコンビニでパン買《か》うぐらいのお金《かね》なら持《も》ってるし。事務所《じむしょ》で電話《でんわ》を借《か》りるか、ちょっとだけなら真子《まこ》ちゃんの携帯《けいたい》を借《か》りてもいいよね。

そんなことを考《かんが》えながらすべってたら、急《いそ》いでリンクを横切《よこぎ》っていくだれかにぶつかりそうになって、あわててよけた。

あれは、整氷作業《せいひょうさぎょう》やリンクのメンテナンスをしてくれるスタッフの川畑《かわばた》さんだ。あんなに急《いそ》いでるなんて、いったいなにがあったんだろう。

なんとなく目《め》で追《お》っていたら、川畑《かわばた》さんはリンク中央《ちゅうおう》で練習《れんしゅう》していた瀬賀《せが》くんと寺島先《てらしません》生《せい》のほうにすべっていった。

川畑《かわばた》さんに耳打《みみう》ちされた寺島先生《てらしませんせい》は、なんだか心配《しんぱい》そうに眉《まゆ》をひそめた。

寺島先生《てらしませんせい》になにか耳打《みみう》ちされた瀬賀《せが》くんが、無表情《むひょうじょう》で首《くび》を横《よこ》に振《ふ》ったとたん、寺島先生《てらしませんせい》は急《きゅう》にこわい顔《かお》になった。

リンクをぐるっと回《まわ》りながら、それとなく先生《せんせい》たちに近《ちか》づくと、声《こえ》が聞《き》こえてきた。

「だから！　早く病院《びょういん》に行《い》きなさいって！」

そんなに大声《おおごえ》じゃないけど、声《こえ》の調子《ちょうし》はすっごく怒《おこ》ってるみたい。

近《ちか》くで練習《れんしゅう》していた子《こ》たちの何人《なんにん》かが、おびえたようにビクッと肩《かた》をすくめた。

いつもと少《すこ》しも変《か》わりない、クールな表情《ひょうじょう》で瀬賀《せが》くんがいった。

「行《い》きません。まだ今日《きょう》の練習予定《れんしゅうよてい》が残《のこ》ってるんで。」

瀬賀《せが》くん、「病院《びょういん》に行《い》きなさい。」っていわれてるということは、どこかケガでもしたのかな。でも、それだったら、練習《れんしゅう》してるとちゅうで人《ひと》によばれていくのはおかしいよね。

「夏野《なつの》さん……おばあさまが倒《たお》れたのに、練習《れんしゅう》どころじゃないでしょ。だいたい、リンクに着《つ》いてすぐくらいから、お母《かあ》さんが何度《なんど》もメール送《おく》られてたっていうのに、なんで気《き》づかないの。」

寺島先生《てらしませんせい》につめよられて、瀬賀《せが》くんは怒《おこ》ったように口《くち》をとがらせて、そっぽを向《む》きながらつぶやいた。

「メールには、気《き》づいてました。」

「じゃあ、なんで行《い》かないの！　夏野《なつの》さん、まだ意識《いしき》がもどらなくて危篤《きとく》だそうよ。早《はや》くしないと……。」

「急《いそ》いだって、しかたないよ。……どうせ助《たす》からねえのに、苦《くる》しんでるのを見《み》るだけなら、行《い》かないほうがマシなんだ！」

吐《は》きすてるようにそういった瀬賀《せが》くんを、近《ちか》くにいたみんな、息《いき》をのんで見《み》つめていた。


ちょっと、待《ま》って。

えっと、それって、どういうことなの？

夏野《なつの》さんが倒《たお》れて、病院《びょういん》に入院《にゅういん》したってことだよね？

なのに、夏野《なつの》さんの孫《まご》である瀬賀《せが》くんが、病院《びょういん》に駆《か》けつけもしないで、ふだんどおりに練習《れんしゅう》しようとしてる……ってこと？

お母《かあ》さんが何度《なんど》もメールしてきてるのに、無視《むし》してまで、練習《れんしゅう》してるってこと？

なにそれ、なんなの、どういうこと？

意味《いみ》わかんないよ！

「なんで行《い》かないのよ！　なんで……すぐに会《あ》いにいってあげないのよっ！」

シーンと静《しず》まりかえっていたリンクに、最初《さいしょ》にひびいたのは自分《じぶん》の声《こえ》だった。

頭《あたま》の中《なか》に浮《う》かんでいたのは、九か月前《げつまえ》に見《み》た光景《こうけい》。

授業中《じゅぎょうちゅう》、突然教室《とつぜんきょうしつ》までわたしを迎《むか》えにきたママ。

わけもわからずタクシーにとび乗《の》って、ママに手《て》を引《ひ》かれて転《ころ》がるように駆《か》けこんだ病室《びょうしつ》で。

頭《あたま》を包帯《ほうたい》でぐるぐる巻《ま》きにされていたパパは、たくさんのチューブやコードにつながれて、眠《ねむ》っているように見《み》えた。

ピクリとも動《うご》かないパパが生《い》きているしるしは、「ピッ、ピッ……。」と音《おと》をたてながらモニター画面《がめん》を流《なが》れていく波形《なみがた》の線《せん》だけ。

でもそれも、わたしたちが着《つ》いてから五分《ふん》もしないうちに、「ピーーーッ。」とまっすぐな直線《ちょくせん》になってしまった。

心臓《しんぞう》マッサージとか、いろんな治療《ちりょう》をしてくれていたお医者《いしゃ》さんや看護師《かんごし》さんたちがパパから離《はな》れたとき、やっとわたしとママはパパのそばに行《い》けたの。
『パパ、パパ！　ねえ、おきてよ、返事《へんじ》してよ、パパぁ！』
ほんとは、頭《あたま》の中《なか》では、ちゃんとわかってた。
パパはもう、返事《へんじ》もしないし、おきてもくれないんだってこと。
パパはもう、死《し》んじゃったんだってこと。
わかってたけど、信《しん》じたくなかった。
もう一度《いちど》だけ、たったひとことだけでいいから、パパの声《こえ》が聞《き》きたかった。
それが無理《むり》ならせめて、パパにひとことといってあげたかった。
今《いま》までありがとう、パパ、大好《だいす》きだよ……って、伝《つた》えたかったのに——。

「パパ……わたしのパパは、意識《いしき》がもどらないまま死《し》んじゃったけど……でも、夏野《なつの》さんは、まだ死《し》んでないんだよ。意識《いしき》はなくてもちゃんと生《い》きていて、だから早《はや》く会《あ》いにきてって、お母《かあ》さんがメール送《おく》ってきてるのに。なのになんで、会《あ》いにいかないの！　どうせ助《たす》からないなんて、急《いそ》いだってしかたないなんて、そんなこと……なんでそんなこと、

いうのよぅ！」

両手《りょうて》をにぎりしめて頭《あたま》を左右《さゆう》に振《ふ》りながら、大声《おおごえ》でさけんでしまってた。

涙《なみだ》がとびちった瞬間《しゅんかん》に、ぼやけてた目《め》の前《まえ》がはっきりして、あっけにとられたように目《め》を見開《みひら》いている瀬賀《せが》くんの顔《かお》が見《み》えた。

なんだか、この近《ちか》くだけじゃなく、リンクじゅうのみんなが動《うご》きを止《と》めて、こっちに注《ちゅう》目《もく》してるみたいだった。

またシーンと静《しず》まりかえった中《なか》で、カーッと熱《あつ》くなっていた頭《あたま》が急激《きゅうげき》に冷《ひ》えていく。

わ、わたし、なんであんなこといっちゃったんだろう。

瀬賀《せが》くんや夏野《なつの》さんの親戚《しんせき》でもなんでもないし、先生《せんせい》でもないし、口出《くちだ》しする資格《しかく》なんてなかったのに。

「あの……えっと、その……。」

どうしたらいいのかわからなくなってたとき、だれかがシャーッと派手《はで》なエッジの音《おと》をたてててすべりよってきた。

「かすみちゃんの、いうとおりや！　ぐずぐずしてんと、はよ行《い》きや、冬樹《ふゆき》！」

そういって瀬賀《せが》くんの背中《せなか》をたたいたのは、真白《ましろ》ちゃんだ。

一瞬《いっしゅん》、ムッと口《くち》をへの字《じ》にゆがめたけど、瀬賀《せが》くんは「わかったよ。」と低《ひく》い声《こえ》でつぶやいて、リンクサイドに向《む》かってすべりだした。

ホッと息《いき》をついたわたしの両側《りょうがわ》から、真白《ましろ》ちゃんと寺島先生《てらしませんせい》がそっと肩《かた》をたたいた。

「ありがとう、かすみちゃん。あんだけいうてくれたら、さすがのひねくれ冬樹《ふゆき》も行《い》く気《き》になってくれたわ。」

「ほんとに助《たす》かったよ。でも、かすみちゃんにはつらいこと思《おも》いださせてしまって、ごめんね。」

寺島先生《てらしませんせい》にそういわれて「だいじょうぶです。」っていいながら首《くび》を振《ふ》ったんだけど、なかなか涙《なみだ》が止《と》まってくれなくて、いったん休憩《きゅうけい》したほうがいいからって、真白《ましろ》ちゃんがリンクサイドの座席《ざせき》まで付《つ》きそってくれた。

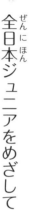

4 全日本《ぜんにほん》ジュニアをめざして

「かすみ！　さっきのトリプルフリップ、両足着氷《りょうあしちゃくひょう》だったわよ。」

リンクサイドから聞《き》こえるママの声《こえ》に、うなずきながらまたジャンプの助走《じょそう》に入《はい》る。

きのうの午前中《ごぜんちゅう》に病院《びょういん》でみてもらったおかげで、ママはすっかり元気《げんき》になったみたい。

今日《きょう》は朝《あさ》から練習《れんしゅう》を見《み》にきてくれていて、いつもよりきびしいぐらいにビシッと注意《ちゅうい》してくれている。

ママはスケートを習《なら》ってたわけじゃないけど、選手《せんしゅ》だったパパを応援《おうえん》していたころに、ジャンプの種類《しゅるい》やとび方《かた》やそのほかいろいろなスケートの基礎《きそ》を自分《じぶん》で勉強《べんきょう》したんだって。

ふつうの人《ひと》にはわからないような、両足着氷《りょうあしちゃくひょう》（ジャンプ直後《ちょくご》、両足《りょうあし》とも氷《こおり》についてしまうこと）やエッジエラー（ジャンプをふみきるときのエッジの傾《かたむ》きがまちがっていること）も、すぐに指摘《してき》してくれるママがいれば、コーチの先生《せんせい》がいつもそばにいなくても安《あん》心《しん》して練習《れんしゅう》できるんだよね。

日曜日《にちようび》のスケートリンクは、スケートクラブの生徒《せいと》だけじゃなく、一般客《いっぱんきゃく》もたくさん来《き》ていて超満員《ちょうまんいん》。

ジャンプの助走《じょそう》をする場所《ばしょ》を見《み》つけるのもたいへんで、とぼうと思《おも》っても人《ひと》とぶつかりそうになってやめることもある。

引《ひ》っ越《こ》し前《まえ》にいたスケートクラブも、休日《きゅうじつ》に混雑《こんざつ》するのは同《おな》じだったから、なれてはいるけれど。

それでも、四回転《かいてん》みたいに助走《じょそう》の勢《いきお》いもジャンプの飛距離《ひきょり》もすごいと、混雑《こんざつ》の中《なか》ではかんたんにとぶことができないみたい。

さっきから瀬賀《せが》くんが、助走《じょそう》のスピードを上《あ》げようとしては、人《ひと》にぶつかりそうになって方向《ほうこう》を変《か》えるのを、何度《なんど》かくりかえしている。

ついには立《た》ち止《ど》まって、あからさまに「チッ。」と舌打《したう》ちした瀬賀《せが》くんの肩《かた》を、同《おな》い年《どし》で友《とも》だちの田之上秋人《たのうえあきと》くんがポンとたたいた。

声《こえ》は聞《き》こえないけど、たぶん「そんなにイライラするなよ。もうちょっとしたら人《ひと》も減《へ》るから。」っていう感《かん》じのことをいったみたい。

秋人《あきと》くんっていつもニコニコしてしゃべり方《かた》もほんわかした感《かん》じで、瀬賀《せが》くんとは正反対《せいはんたい》のイメージだけど、ふたりは小《ちい》さいころからずっと仲《なか》よしなんだって。

親友《しんゆう》というだけじゃなく、秋人《あきと》くんが瀬賀《せが》くんのフォローをしてることもけっこう多《おお》い。

瀬賀《せが》くんって、だれかを心配《しんぱい》して声《こえ》をかけるときでもケンカ腰《ごし》だったりするから、すぐに「こわい人《ひと》」「イヤなやつ」って誤解《ごかい》されてしまうんだよね。

わたしも初対面《しょたいめん》のとき誤解《ごかい》しそうになったけど、そのときも秋人《あきと》くんが、瀬賀《せが》くんはほんとは心配《しんぱい》して声《こえ》をかけたんだ、ってことを教《おし》えてくれた。

今日《きょう》は、リンクが混《こ》んでるだけじゃなく、きのうおばあさんの夏野《なつの》さんが倒《たお》れて、今《いま》もまだ意識《いしき》がもどらないことで、瀬賀《せが》くん、いつもより荒《あ》れているみたいだった。

そんなにイライラしながらすべってってだいじょうぶなのかな、って心配《しんぱい》なんだけど、きのうどなりつけてしまって以来《いらい》、ちゃんと瀬賀《せが》くんと話《はな》せてなくて。はげますどころか、声《こえ》をかけることすらできないでいた。

遠《とお》くから様子《ようす》を見《み》てると、秋人《あきと》くんの手《て》を乱暴《らんぼう》にはらいのけて、顔《かお》をそむけて逆方向《ぎゃくほうこう》にすべっていってしまった。

呆然《ぼうぜん》としていた秋人《あきと》くんは、わたしがすべりよると、ほほえみながら肩《かた》をすくめた。

「冬樹《ふゆき》、おばあちゃんのことが心配《しんぱい》なくせに、病院《びょういん》に行《い》こうとしないんだよ。リンクに来《き》たって、集中《しゅうちゅう》なんてできないくせにさ。それに、プログラムには入《い》れてないのに、やたら四回転《かいてん》にこだわっちゃって……まぁ、それはぼくのせいでもあるんだけど。」

「秋人《あきと》くんのせいって、どういうことですか？」

「冬樹《ふゆき》はジュニアでは絶対的王者《ぜったいてきおうじゃ》だったんだけど、最近《さいきん》ジャンプ力《りょく》だけなら冬樹《ふゆき》に迫《せま》るようなライバルが現《あらわ》れたんだよ。そいつも同《おな》じ中三《ちゅう》だし、いろいろとくらべられだしたところに、そいつから四回転《かいてん》トウループが成功《せいこう》したってメールもらったことを、ぼくが冬樹《ふゆき》にいっちゃったから……。なんかもう、完成《かんせい》するまで意地《いじ》でも練習《れんしゅう》し続《つづ》ける、みたいになっちゃって。」

はぁ〜っと肩《かた》を落《お》としてタメ息《いき》をつく秋人《あきと》くんを、思《おも》わずなぐさめていた。

「でも、たぶんそのライバルさんのことがなくても、瀬賀《せが》くんなら、いったん四回転《かいてん》を練《れん》習《しゅう》しはじめたら、ちゃんとできるまでは練習《れんしゅう》し続《つづ》けちゃうんじゃないかな……って、わたし、思《おも》います。」

そういうと、秋人《あきと》くんは一瞬《いっしゅん》目《め》を丸《まる》くしてから、ホッとしたみたいにふんわり笑《わら》った。

「うん、そうだよね。ライバルが成功《せいこう》したかどうかは、たしかに関係《かんけい》ないかも。冬樹《ふゆき》自身《じしん》のレベルが、四回転《かいてん》を成功《せいこう》させなきゃ気《き》がすまないところまで、きちゃってるわけで。」

秋人《あきと》くんが話《はな》してるとちゅうで、突然《とつぜん》、ダァーン！ という大《おお》きな音《おと》がひびいた。

音《おと》のほうへ振《ふ》りむいたのとほとんど同時《どうじ》に、秋人《あきと》くんが顔色《かおいろ》を変《か》えてすべりだしていた。

客席《きゃくせき》のないリンクサイド側《がわ》のフェンスぎわに、瀬賀《せが》くんが倒《たお》れている。

まわりにぽっかり空間《くうかん》が空《あ》いていて、ほかにはだれも倒《たお》れていない。ということは、だれかとぶつかったとかじゃなくて、ジャンプの失敗《しっぱい》かなにかで瀬賀《せが》くんひとりがフェンスに激突《げきとつ》したんだろうか。

「冬樹《ふゆき》！」

「冬樹《ふゆき》くん！」

真《ま》っ先《さき》に駆《か》けつけたのは、秋人《あきと》くんと真白《ましろ》ちゃん。

わたしは、自分《じぶん》がぶつかって塁《るい》くんと瀬賀《せが》くんを転倒《てんとう》させたときのことを思《おも》いだしてしまって、一瞬《いっしゅん》、息《いき》が止《と》まったみたいに動《うご》けなくなってた。

今《いま》のはわたしのせいじゃないけれど、瀬賀《せが》くんになにかあったらどうしよう……って死《し》ぬほど心配《しんぱい》な気持《きも》ちは、あのときと同《おな》じだった。

助《たす》けおこそうと手《て》をさしのべている秋人《あきと》くんたちを見《み》て、やっと足《あし》が動《うご》きだした。

「だ、だいじょうぶ？」

秋人《あきと》くんの肩《かた》ごしにのぞきこむと、瀬賀《せが》くんは、秋人《あきと》くんの手《て》をピシャリとはらいのけているところだった。

「おおげさにすんなよ。ちょっと転《ころ》んだだけだ。」

ふきげんそうに眉《まゆ》をひそめて、瀬賀《せが》くんは秋人《あきと》くんたちから顔《かお》をそむけた。膝《ひざ》と両手《りょうて》を氷《こおり》について、ひとりでゆっくり立《た》ち上《あ》がろうとしたけど、「うっ。」と眉間《みけん》にシワをよせて、また四《よ》つんばいにもどってしまった。

「やっぱり、どっかいためたんとちゃうん。意地《いじ》はってないで、つかまってよ。」

目《め》の前《まえ》にさしだされた真白《ましろ》ちゃんの手《て》も、瀬賀《せが》くんは乱暴《らんぼう》にはらいのけた。

なかなか立《た》ち上《あ》がれない瀬賀《せが》くんを見《み》て、みんな心配《しんぱい》そうな顔《かお》で集《あつ》まってきた。人《ひと》の輪《わ》がひろがり、ヒソヒソ話《はな》す声《こえ》が大《おお》きくなるにつれ、瀬賀《せが》くんの表情《ひょうじょう》はますますふきげんになっていく。

前《まえ》にあったみたいに、大声《おおごえ》でどなりだしたらどうしようって心配《しんぱい》になってたら、やっと救《すく》い主《ぬし》が現《あらわ》れた。

「冬樹《ふゆき》！　また勝手《かって》に四回転《かいてん》の練習《れんしゅう》してたんだな。全日本《ぜんにほん》が終《お》わるまで、四回転《かいてん》はプログラムに入《い》れないって、何度《なんど》いったらわかるの！」

寺島先生《てらしませんせい》が、みんなの輪《わ》をかきわけるように入《はい》ってきて、瀬賀《せが》くんの前《まえ》で仁王立《におうだ》ちしている。見《み》おろしているその顔《かお》は、まさしくお寺《てら》の門《もん》に立《た》つ仁王様《におうさま》みたいにおそろしかった。

「だって……。」

めずらしく子《こ》どもっぽい口調《くちょう》で、瀬賀《せが》くんが話《はな》しだした。

「四回転《かいてん》がないと、全日本《ぜんにほん》ジュニアで優勝《ゆうしょう》できないかもしれないじゃないか。」

なんだかちょっと泣《な》きそうにも見《み》えるまなざしで、瀬賀《せが》くんは寺島先生《てらしませんせい》を見上《みあ》げている。寺島先生《てらしませんせい》は、腕組《うでぐ》みしながら「はぁ……。」とタメ息《いき》をついた。

「またそれか。近畿《きんき》ブロックの結城《ゆうき》くんや関東《かんとう》ブロックの林《はやし》くんが四回転《かいてん》とんだらしいって聞《き》いて、あせる気持《きも》ちもわかるよ。でもね、もし万《まん》が一《いち》、技術点《ぎじゅってん》で超《こ》えられたとしても、演技構成点《えんぎこうせいてん》じゃ冬樹《ふゆき》のほうが今《いま》んとこ断然勝《だんぜんか》ってるんだから。へたにケガでもして自分《じぶん》の百パーセントの演技《えんぎ》ができなくなったら、元《もと》も子《こ》もないっていってんの！」

そういわれて、瀬賀《せが》くんは反論《はんろん》できずに口《くち》をへの字《じ》にゆがめた。

「それに、優勝優勝《ゆうしょうゆうしょう》ってバカのひとつおぼえみたいにいってるけど、全日本《ぜんにほん》ジュニアも世界《せかい》ジュニアも、今年限《ことしかぎ》りってわけじゃないんだからね。十八歳《さい》まで、まだ何年《なんねん》も挑戦《ちょうせん》できるんだから、あせることないだろ。」

最後《さいご》のほう、ちょっとやさしい口調《くちょう》になりながら寺島先生《てらしませんせい》が手《て》をさしのべると、瀬賀《せが》くんは、やっと素直《すなお》につかまって立《た》ち上《あ》がった。

「秋人《あきと》も真白《ましろ》ちゃんもちょっと待《ま》っててくれるかな。とりあえずロッカールームで休《やす》ませて、いたみが引《ひ》かなかったら病院《びょういん》に連《つ》れていくから。」

「おれ、なんともないし、練習続《れんしゅうつづ》けられ……。」

「いうこと聞《き》かないと、全日本《ぜんにほん》ジュニアのエントリー取《と》り下《さ》げるわよ！」

寺島先生《てらしませんせい》のひと声《こえ》で、瀬賀《せが》くんはしぶしぶロッカールームに向《む》かった。

ゆっくりすべりだしたその後《うし》ろ姿《すがた》は、気《き》のせいか少《すこ》し右足《みぎあし》を引《ひ》きずっているように見《み》えた。


しばらくたって、寺島先生《てらしませんせい》だけがリンクにもどってきた。

やっぱり病院《びょういん》に行《い》くほどひどいケガだったのかって心配《しんぱい》したんだけど、そういうわけではないらしい。

ちょうどロッカールームにいたとき、瀬賀《せが》くんのお母《かあ》さんから「練習《れんしゅう》の帰《かえ》りには（夏野《なつの》さんが入院《にゅういん》している）病院《びょういん》へよるように。」という電話《でんわ》がかかってきたので、今日《きょう》はこのまま病院《びょういん》に行《い》くことにして、ついでに救急外来《きゅうきゅうがいらい》でフェンスにぶつけたところをみてもらうことになったんだそうだ。

ひどいケガだったわけじゃなくて、ちょっとだけ安心《あんしん》したけど、夏野《なつの》さんの容態《ようだい》がまだよくなってないみたいなことには、すごく心配《しんぱい》になった。

夏野《なつの》さんの病状《びょうじょう》も瀬賀《せが》くんのケガも気《き》になるけど、気《き》をとられてばかりいるわけにはいかない。自分《じぶん》の練習《れんしゅう》を、もっと必死《ひっし》でがんばらないと。

全日本《ぜんにほん》ジュニアの試合《しあい》が始《はじ》まる日《ひ》まで、あとちょうど二週間《しゅうかん》。

はじめて演《えん》じる二分《ふん》五十秒《びょう》のショートプログラムも、ノービスA《エー》から三十秒長《びょうなが》くなったフリーも、まだぜんぜんうまくすべれない。

なんとか曲《きょく》の流《なが》れと振《ふ》り付《つ》けはおぼえられたけど、ジャンプを入《い》れて全部《ぜんぶ》を通《とお》してすべると、なんでもないジャンプで転《ころ》んでしまったり、大事《だいじ》な動《うご》きをとばしてしまったりで、まだ一度《ど》もまともにすべれたことがないの。

時間《じかん》が三十秒《びょう》のびるだけじゃなくて、編曲《へんきょく》が大《おお》きく変《か》わったこともたいへんだ。前半《ぜんはん》に新《あら》たな三十秒《びょう》をもってきて、前半《ぜんはん》にあった「ジゼルが嘆《なげ》き悲《かな》しんで死《し》んでしまう場面《ばめん》に合《あ》わせたステップ」をラスト近《ちか》くに移動《いどう》させる。もとのバレエの構成《こうせい》どおり、ジゼルの心《こころ》の動《うご》きに合《あ》うようにっていうことで、感情《かんじょう》をこめやすくはなったけど、おぼえなおすのがたいへんなんだ。

ジャンプの練習《れんしゅう》では、ルッツとフリップ以外《いがい》の三回転《かいてん》はミスなくとべているんだけど、曲《きょく》をかけて通《とお》してみると、音楽《おんがく》と合《あ》わなくなってあせっているうちにジャンプのタイミングがずれてしまってばかりだった。

今《いま》もまた、最後《さいご》の見《み》せ場《ば》のジャンプがぬけて*しまって、先生《せんせい》に叱《しか》られた。

「直前《ちょくぜん》のステップで音楽《おんがく》に遅《おく》れちゃったから、あせって前《まえ》のめりになってタイミングが合《あ》わなかったんだ。ゆったりしてたメロディーが『ジャジャジャン！』って切《き》りかわるところで、一気《いっき》にスピード上《あ》げないと！」

「はい。」

続《つづ》けて音楽《おんがく》をかけてもらうわけにはいかないけど、寺島先生《てらしませんせい》にリズムを手拍子《てびょうし》してもらいながら、まちがえたところをもう一度《いちど》練習《れんしゅう》した。

さっきからいろいろ失敗《しっぱい》してるのに、めずらしくママの声《こえ》が聞《き》こえないなぁ、と思《おも》って

＊ぬける＝回転《かいてん》できずに、ふわっと一回転《かいてん》だけになること

たら、休憩《きゅうけい》でリンクサイドに行《い》っても、ママの姿《すがた》が見《み》えなくなっていた。

「あれ？　どこ行《い》ったのかな？」

キョロキョロしていると、「かすみちゃん。」とよぶ声《こえ》がした。

客席《きゃくせき》の数段上《すうだんうえ》からおりてきたのは、真子《まこ》ちゃんのお母《かあ》さんだった。

「かすみちゃんのママね、なにか用事《ようじ》ができたっていってちょっと前《まえ》に帰《かえ》られたわよ。『暗《くら》くならないうちに早《はや》めに帰《かえ》ってきなさい。』って伝言《でんごん》たのまれたんだけど、うちの車《くるま》で送《おく》ってあげるから、時間《じかん》は気《き》にしないでいいからね。」

「ありがとうございます。」

少《すこ》しホッとしながら頭《あたま》を下《さ》げると、真子《まこ》ちゃんのお母《かあ》さんは「まかせて。」っていうように親指《おやゆび》を立《た》てながら、いたずらっぽい笑《え》みを浮《う》かべた。

ママの伝言《でんごん》どおりにしなかったこと、怒《おこ》られるかなって思《おも》ったんだけど、家《いえ》に帰《かえ》るとべつになんの変《か》わりもなく「おかえり。」っていってくれた。

逆《ぎゃく》に、なんだかいつもよりやさしい感《かん》じがするくらいで、用事《ようじ》があったっていうのに、晩《ばん》ご飯《はん》もわたしの好《す》きなハンバーグを作《つく》って待《ま》っててくれたし。

ちょうどママが帰《かえ》る前《まえ》にやっていた、新《あたら》しいフリーの振《ふ》り付《つ》けについてたずねられて、夢《む》中《ちゅう》になって答《こた》えていたわたしは、その日《ひ》、ママが晩《ばん》ご飯《はん》をほとんど食《た》べていなかったことに気《き》づかなかった。

5 美桜《みお》ちゃんの新《しん》ファッション

早朝練習《そうちょうれんしゅう》のときには、スケートクラブの子《こ》たちしかリンクにいないので、思《おも》いっきりジャンプがとべるし、ステップもリンクのはしからはしまでを使《つか》ってできる。

曲《きょく》をかけて演技《えんぎ》を通《とお》して確認《かくにん》する練習《れんしゅう》も、土曜《どよう》や日曜《にちよう》にくらべたら、ものすごくやりやすい。

鳥《とり》のさえずりみたいな、ちょっと変《か》わった笛《ふえ》の音色《ねいろ》に合《あ》わせて、美桜《みお》ちゃんが演技《えんぎ》を始《はじ》めた。

朝《あさ》のリンクにただよう冷《つめ》たくてすがすがしい空気《くうき》にぴったりのそのメロディーは、南米《なんべい》の民族楽器《みんぞくがっき》・ケーナが奏《かな》でる『夏《なつ》の夢《ゆめ》』という曲《きょく》らしい。美桜《みお》ちゃんがショートプログラムで使《つか》う曲《きょく》だ。

曲《きょく》の雰囲気《ふんいき》はそんなに「夏《なつ》！」って感《かん》じがしないんだけど、よく聞《き》いてみたら、ときどき波《なみ》の音《おと》が聞《き》こえたりするところが夏《なつ》っぽいのかな。

ゆったりしたメロディーだったのが、伴奏《ばんそう》のギターが激《はげ》しくかきならされるにつれて、だんだん情熱的《じょうねつてき》になっていく。

フリーで使《つか》う『コッペリア』はバレエ音楽《おんがく》で、曲調《きょくちょう》も試合《しあい》で着《き》る衣装《いしょう》も上品《じょうひん》で優雅《ゆうが》な感《かん》じだから、このショートプログラムはぜんぜんイメージがちがっておもしろい。どういう衣装《いしょう》になるのか想像《そうぞう》がつかなくて楽《たの》しみだ。

……なんて思《おも》ってたんだけど。

一時間目《じかんめ》が始《はじ》まる前《まえ》、クラスの中《なか》でも派手《はで》なファッションのグループにいる美桜《みお》ちゃんを見《み》て、なんとなく衣装《いしょう》の想像《そうぞう》がついた。

美桜《みお》ちゃんの今日《きょう》のファッションは、あざやかな黄色地《きいろじ》に青《あお》やオレンジで細《こま》かいもようが織《お》りこまれている、ゆったりサイズのニットワンピース。もようをよーく見《み》ると、小《ちい》さなアルパカやコンドルの形《かたち》、太陽《たいよう》みたいな丸《まる》やピラミッドみたいな三角形《さんかくけい》がならんでいて、すっごくかわいい。

大《おお》きめのフードとポケットも、ふだんは横《よこ》でくくっている長《なが》い髪《かみ》をおろしてヘアバンドを巻《ま》いたスタイルも、いつもの美桜《みお》ちゃんとはぜんぜんイメージがちがっていて。そう、このファッションって、なんとなく「南米《なんべい》っぽい」感《かん》じがするんだよね。

「美桜《みお》ちゃん、今日《きょう》の服《ふく》、なんていうか、個性的《こせいてき》だね。」

子《こ》ども向《む》けファッション雑誌《ざっし》の表紙《ひょうし》になったりしたこともある、モデルの美桜《みお》ちゃんの取《と》り巻《ま》きしている子《こ》たちも、今日《きょう》はほめ言葉《ことば》にこまっているみたい。

「あら、みんなまだ知《し》らないのね。この冬《ふゆ》は南米《なんべい》フォークロアファッションがトレンドなのよ。このワンピ、ナスカ・ブランドの新作《しんさく》でね、小学生《しょうがくせい》サイズのは発売《はつばい》されてすぐに在庫切《ざいこぎ》れしちゃって、今《いま》はもう手《て》に入《はい》らないの。」

「へぇ～、そうなんだぁ～。」

「すっごぉ～い。さすが美桜《みお》ちゃん。」

この冬《ふゆ》のトレンドだって聞《き》いて、急《きゅう》に手《て》のひらを返《かえ》したようにほめはじめたのを見《み》て、真子《まこ》ちゃんとふたり顔《かお》を見合《みあ》わせる。

「あれって、ほんとにこの冬流行《ふゆはや》る服《ふく》なのかなぁ。」

首《くび》をかしげる真子《まこ》ちゃんに、首《くび》をかしげながら答《こた》える。

「さあ、流行《はや》るかどうかはわかんないけど。でも、ショートプログラムのイメージ作《づく》りのためにファッションまで変《か》えたんだったら、わたしはすごいと思《おも》うな。」

ある曲《きょく》を演《えん》じるって決《き》まったら、バレエならもちろんそのバレエを見《み》るし、その曲《きょく》にまつわる物語《ものがたり》があったら本《ほん》を買《か》ったり借《か》りたりして読《よ》むし。

その曲《きょく》にまつわる国《くに》の風景写真《ふうけいしゃしん》を見《み》たり、美桜《みお》ちゃんみたいに民族衣装《みんぞくいしょう》っぽい服《ふく》を着《き》たりするのも、イメージ作《づく》りにはとても役立《やくだ》つと素直《すなお》に思《おも》う。

「そっか。美桜《みお》ちゃんのショートって南米風《なんべいふう》だったもんね。じゃあ、かすみちゃんはスペイン風《ふう》のさぁ、フラメンコ踊《おど》るようなドレス着《き》なくちゃね。」

ふふっ、といたずらっぽく笑《わら》う真子《まこ》ちゃんに、

「ドレスなんて学校《がっこう》に着《き》てこられないよぉ。」

と、くちびるをとがらせて反論《はんろん》してから、ふたりまた顔《かお》を見合《みあ》わせて笑《わら》った。

放課後《ほうかご》の練習《れんしゅう》は、日曜《にちよう》ほどじゃないけど、早朝《そうちょう》にくらべると人《ひと》がふえてすべりにくくなる。

瀬賀《せが》くんのケガはたいしたことなかったようで、わたしたち小学生組《しょうがくせいぐみ》より少《すこ》し遅《おく》れてリンクに入《はい》ってきた。

今日《きょう》の瀬賀《せが》くんは、寺島先生《てらしませんせい》のいいつけを守《まも》って、四回転《かいてん》の練習《れんしゅう》はしないみたいだった。

同《おな》じころに来《き》た秋人《あきと》くんや真白《ましろ》ちゃんがジャンプ練習《れんしゅう》を始《はじ》めても、コンパルソリーの練《れん》習《しゅう》で氷面《ひょうめん》にいくつも円《えん》を描《えが》いている。

ずっとコンパルソリーばかりやっているので、なんだか心配《しんぱい》になってきた。全日本《ぜんにほん》までそんなに時間《じかん》もないのに、曲《きょく》かけ練習《れんしゅう》とかしないでいいのかなって。

ジャンプはもちろん、今日《きょう》はスピンすら練習《れんしゅう》していない。やっぱり、ほんとはひどいケガなんじゃないかなって思《おも》えてきた。

そんなとき、トイレに行《い》くっていってリンクを出《で》ていた真子《まこ》ちゃんが、リンクサイドから手《て》を振《ふ》っているのが見《み》えた。

「おーい、かすみちゃーん。ちょっと来《き》てぇ。」

大声《おおごえ》でよばれて、あわててすべりよる。

「かすみちゃんのママからメールが来《き》てたよ。学校《がっこう》を出《で》るころ届《とど》いてたみたいなのに、うっかり見落《みお》としててごめんね。」

真子《まこ》ちゃんは、手《て》に持《も》っていた携帯《けいたい》の画面《がめん》をわたしに見《み》せてくれた。

『真子《まこ》ちゃん、かすみに伝言《でんごん》をお願《ねが》いします。今日《きょう》も迎《むか》えにいけそうにないので、暗《くら》くならないうちに帰《かえ》ってくるように。自分《じぶん》のぶんの晩《ばん》ご飯《はん》を買《か》って帰《かえ》るようにと、伝《つた》えてください。』

ママの帰《かえ》りが遅《おそ》くなって、リンクまで迎《むか》えにこられないことなんて、何度《なんど》もあった。もともと、スケートクラブに通《かよ》いはじめたころはママにないしょだったから、ひとりで来《き》てひとりで帰《かえ》ってたんだから、迎《むか》えなんてなくても平気《へいき》だし。

だけど、このメールはなんだかとても気《き》になった。

ママはなんで、ふたりぶんの晩《ばん》ご飯《はん》じゃなくて、自分《じぶん》のぶんの晩《ばん》ご飯《はん》を買《か》って帰《かえ》るようにいったんだろう。

金曜日《きんようび》には、晩《ばん》ご飯《はん》をほとんど食《た》べていなかったママ。

土曜日《どようび》に病院《びょういん》でみてもらったはずなのに、今朝《けさ》も顔色《かおいろ》が悪《わる》かった気《き》がする。

それに、携帯《けいたい》を持《も》ってないわたしへの連絡《れんらく》に、真子《まこ》ちゃんの携帯《けいたい》を使《つか》わせてもらったことは前《まえ》にもあったけど、すぐ伝《つた》わるようにいつもメールじゃなくて電話《でんわ》だった。

今日《きょう》に限《かぎ》ってどうしてメールにしたんだろう。

もしかして、声《こえ》を出《だ》すのもつらいほど、体《からだ》の具合《ぐあい》が悪《わる》いとかじゃないよね？

「真子《まこ》ちゃん、ごめん！」

携帯《けいたい》を返《かえ》しながらそういうと、真子《まこ》ちゃんは「なんであやまるの？」と首《くび》をかしげた。

「わたし、……ママが心配《しんぱい》だから……様子見《ようすみ》にいってくる。」

「え、えっ、ちょっと、かすみちゃん。」

エッジケースもつけずにスケート靴《ぐつ》のまま走《はし》りながら、振《ふ》りかえってひとことつけたした。

「なんでもなかったら、すぐもどってくるから。寺島先生《てらしませんせい》にそういっといて。」

「そういっといてって、どういっとけばいいのよぉ！」

ほんとに、どういっといてもらえばいいのか、自分《じぶん》でもよくわからない。

だって、ママは「迎《むか》えにいけそうにないので、自分《じぶん》のぶんの晩《ばん》ご飯《はん》を買《か》って帰《かえ》るように。」ってメールをくれただけなのに。

それだけで心配《しんぱい》になって家《いえ》に帰《かえ》るなんて、おかしいと自分《じぶん》でも思《おも》うよ。

でも、なんだか胸《むね》の奥《おく》がモヤモヤして、このままリンクにいてもうまくすべれそうにないの。

帰《かえ》ったら家《いえ》の電話《でんわ》からママの携帯《けいたい》に電話《でんわ》して、ちゃんと元気《げんき》な声《こえ》を聞《き》いて、何時《なんじ》に帰《かえ》ってくるのかたしかめて……そしたら、またリンクにもどって練習《れんしゅう》すればいいんだから。

声《こえ》を聞《き》いたら、そしたらきっと安心《あんしん》できるから——。


「ただいま。」

ママはまだ会社《かいしゃ》にいて、だれもいないはずだってわかってるけど、なんとなく声《こえ》をかけながら家《いえ》の鍵《かぎ》を開《あ》けた。

ガタッ。

え？　今《いま》、中《なか》でなにか音《おと》がしたような……。

「ママ、いるの？」

おそるおそる声《こえ》をかけながらドアを開《ひら》く。

「かす、み……？」

バン、と大《おお》きく開《あ》けたドアからさしこんだ日《ひ》ざしが、キッチンに倒《たお》れていた人影《ひとかげ》を映《うつ》しだす。

「ママぁ！」

体《からだ》を「くの字《じ》」に曲《ま》げた形《かたち》で床《ゆか》に倒《たお》れていたのは、会社《かいしゃ》に行《い》くときのスーツ姿《すがた》のママだった。

6 ママの入院《にゅういん》

生《う》まれてはじめて一一九番《ばん》に電話《でんわ》して、生《う》まれてはじめて救急車《きゅうきゅうしゃ》をよんだ。

最初《さいしょ》、自分《じぶん》でもなにをしゃべってるのかわかんなくなってたけど、電話《でんわ》の向《む》こうの救急《きゅうきゅう》隊員《たいいん》さんがゆっくりと落《お》ち着《つ》かせてくれたので、なんとか住所《じゅうしょ》とママの様子《ようす》を話《はな》すことができた。

電話《でんわ》しているあいだも、ママはキッチンの床《ゆか》に倒《たお》れたまま動《うご》かない。

受話器《じゅわき》を放《ほう》りだすように置《お》いて、駆《か》けよった。

「ママ！　ママ、だいじょうぶ？」

思《おも》わず肩《かた》をつかんでゆさぶろうとして、ハッと思《おも》いとどまった。

救急隊員《きゅうきゅうたいいん》さんに「意識《いしき》があるかどうか。」「息《いき》をしているかどうか。」「頭《あたま》を打《う》っているかどうか。」などなど、たくさんのことを聞《き》かれた。

家《いえ》に帰《かえ》ってきたら倒《たお》れていて、意識《いしき》もあって息《いき》もしてるけど苦《くる》しそうでしゃべれなくて、頭《あたま》を打《う》っているかどうかはわからなくて……、そう説明《せつめい》したら「無理《むり》におこしたり動《うご》かしたりしないで、そのまま待《ま》っているように。」っていわれたんだった。

頭《あたま》を打《う》っていなくても、脳《のう》の中《なか》の血管《けっかん》が切《き》れてしまったりしている場合《ばあい》もあるから、ゆさぶったりしちゃいけないんだって。

抱《だ》きつきたいのもがまんして、ママのそばにすわりこんで顔《かお》を見《み》おろした。

「ママ……だいじょうぶ、だからね。もうすぐ、救急車《きゅうきゅうしゃ》、来《き》てくれるよ。」

荒《あら》い呼吸《こきゅう》をしているママの顔《かお》には、眉間《みけん》に苦《くる》しそうなシワがよっている。額《ひたい》にあぶら汗《あせ》もにじんでいる。

「か、すみ……ごめん、ね。」

ママはうっすらと目《め》を開《あ》けて、おなかのあたりを押《お》さえていた手《て》を、わたしのほうにのばした。

その手《て》を、両手《りょうて》でぎゅっとにぎりしめる。

ママの手《て》、氷《こおり》みたいに冷《つめ》たくて、にぎりしめた瞬間《しゅんかん》に体《からだ》がふるえた。

「ごめ、んね……。」

ほとんど息《いき》の音《おと》しかしない小《ちい》さな声《こえ》で、ママがまたそういった。

ママがママじゃなくなっていくみたいで、こわくて、ふるえが止《と》まらなくなった。

いつもきびしくて、こわくて、でもいつもしっかりしててたよれるのが、わたしのママでしょ？

わたしに「ごめん。」ばかりいってるママなんて、おかしいよ。ママじゃないみたいで、イヤだよ！

「なん、で……なんで、ごめん、なんて、いうのよぅ。」

そう口《くち》に出《だ》したとたん、涙《なみだ》がポロポロとこぼれ落《お》ちた。

また目《め》をつぶって苦《くる》しそうな顔《かお》してるママを見《み》てると、死《し》んじゃいそうに見《み》えてこわくて、もうどうしたらいいのかわからなくなってしまう。

「やだ……やだ、こわい、よぅ……マ、ママが死《し》んじゃったら、わたし、も、死《し》んじゃう……。」

泣《な》きじゃくっていたら、ぎゅうっと強《つよ》く手《て》をにぎりかえされた。

いつもよりちょっと小《ちい》さいけど、芯《しん》の通《とお》ったいつものママの声《こえ》がする。

「バカな、こと、いわないの。かすみが、しっかりしなきゃ。……ママ、ね、おなか、いたくて、動《うご》けない、から……泣《な》いてないで、ママを、助《たす》けて、よ。」

そういうとママは、眉間《みけん》にシワをよせたまま、目《め》と口《くち》だけでにっこり笑《わら》った。

わたしも、ポロポロ涙《なみだ》をこぼしたまま、必死《ひっし》で笑《わら》った。

ふと気《き》がつくと、救急車《きゅうきゅうしゃ》のサイレンの音《おと》が遠《とお》くからだんだん近《ちか》づいてきていた。

救急車《きゅうきゅうしゃ》で病院《びょういん》に着《つ》いたころには、ママのおなかのいたみも少《すこ》しおさまってきたみたいで、お医者《いしゃ》さんや看護師《かんごし》さんの質問《しつもん》にも、小《ちい》さな声《こえ》だけど自分《じぶん》で答《こた》えることができるようになっていた。

ストレッチャーっていう車輪《しゃりん》のついたベッドみたいなのに乗《の》せられて、レントゲン室《しつ》やCT室《シーティーしつ》に連《つ》れていかれて、いろんな検査《けんさ》をされたみたい。

検査室《けんさしつ》にはいっしょに入《はい》れなかったけど、診断結果《しんだんけっか》を聞《き》くときには、外《そと》で待《ま》ってるのもかえって心配《しんぱい》だろうからってわたしも診察室《しんさつしつ》に入《い》れてもらえた。

「虫垂炎《ちゅうすいえん》……わかりやすくいえば、盲腸《もうちょう》ですね。」

お医者《いしゃ》さんがそういうと、ママはホッとしたように息《いき》をついた。そして、「だいじょうぶだよ。」っていうように、わたしに向《む》かってほほえみかけた。

すると、お医者《いしゃ》さんは急《きゅう》にしぶい顔《かお》になった。

「たかが盲腸《もうちょう》と、あまく見《み》てもらってはこまりますよ。かなり何日《なんにち》もいたいのをがまんしていたんでしょう？」

お医者《いしゃ》さんは、眉《まゆ》をひそめてメガネの奥《おく》からにらみつけるようにママを見《み》た。

「すみません、三日《みっか》ほど前《まえ》からずっといたんでいたのに放《ほう》っておいたんです。でも、右下《みぎした》腹《ばら》じゃなくて胃《い》のあたりだと思《おも》ったので、盲腸《もうちょう》だとは思《おも》わなくて。」

「え、ママ、土曜日《どようび》に病院《びょういん》行《い》ったんじゃなかったの？」

「うん、行《い》くつもりだったんだけど、仕事《しごと》の電話《でんわ》があって、行《い》きそびれちゃったんだ。」

テヘって感《かん》じで笑《わら》ってるママを見《み》て、お医者《いしゃ》さんはますます眉間《みけん》にシワをよせた。

「とにかく、いたみが出《で》てすぐに診察《しんさつ》を受《う》けなかったせいで、炎症《えんしょう》がひどくなって腸《ちょう》が癒《ゆ》着《ちゃく》をおこしています。すぐに入院《にゅういん》して手術《しゅじゅつ》しなければいけませんね。」

「入院《にゅういん》、ですか？」

ママの表情《ひょうじょう》が、けわしくなった。

「薬《くすり》でなんとかなりませんか？」

虫垂炎《ちゅうすいえん》は薬《くすり》でなおす方法《ほうほう》もあるそうなんだけど、ママの場合《ばあい》は腸《ちょう》がくっついてしまっているところがあるので、手術《しゅじゅつ》でなおさないとダメだってお医者《いしゃ》さんはいった。

それでもママは、どうしても入院《にゅういん》や手術《しゅじゅつ》は無理《むり》だっていう。

「近《ちか》くに親戚《しんせき》もいませんし、親《した》しい友人《ゆうじん》もちょうど仕事《しごと》でしばらく帰《かえ》ってこられなくて。かすみを……子《こ》どもひとりを家《いえ》に残《のこ》して、入院《にゅういん》するわけにはいかないんです。」

「ですが、このまま放《ほう》っておくと命《いのち》に関《かか》わるような状態《じょうたい》なんですよ。どなたか、ほかにたのめる方《かた》をさがしてください。」

お医者《いしゃ》さんにそういわれて、ママとわたしはいったん病院《びょういん》のロビーまで看護師《かんごし》さんに連《つ》れてきてもらった。ママは歩《ある》いちゃいけないので、車《くるま》いすに乗《の》っている。

ここなら、ママの入院中《にゅういんちゅう》にわたしのめんどうを見《み》てくれる知《し》り合《あ》いをさがすために、携帯《けいたい》を使《つか》ってもいいんだって。

でも、べつによその家《いえ》で預《あず》かってもらわなくたって、わたしひとりでもだいじょうぶだよね。コトブキ荘《そう》の隣室《りんしつ》には、ママの友《とも》だちの祐子《ゆうこ》さんの甥《おい》・悠也《ゆうや》さんが住《す》んでるし。「どこかに泊《と》めてもらわなくても、家《いえ》でだいじょうぶだよ。なにかあったら悠也《ゆうや》さんに助《たす》けてもらうから。」

そういったら、ママは眉《まゆ》をひそめて首《くび》を横《よこ》に振《ふ》った。

「祐子《ゆうこ》からきのう、仕事《しごと》でしばらく九州方面《きゅうしゅうほうめん》に行《い》ってるって連絡《れんらく》があってね。そのときに、悠也《ゆうや》くんもたまたま同《おな》じ時期《じき》に大学《だいがく》の友《とも》だちと旅行《りょこう》の予定《よてい》があって、家《いえ》にいないって聞《き》いたの。」

「で、でも、ちゃんと戸《と》じまりさえすれば、ひとりでも平気《へいき》だよ。」

「それはダメ！　順調《じゅんちょう》によくなったとしても、最低《さいてい》でも一週間《しゅうかん》は入院《にゅういん》しなきゃいけないのに。そんなに長《なが》く、かすみをひとりにしておくわけにいかないわ。」

まだ首《くび》を振《ふ》り続《つづ》けるママに、わたしはしっかりとうなずいてみせた。

「だいじょうぶだよ、ママ。だって、早《はや》く手術《しゅじゅつ》しなきゃ、ママの命《いのち》があぶないんでしょ。わたし、ママを助《たす》けるためなら、ちゃんとがんばれるから！」

「かすみ……。」

車《くるま》いすの手《て》すりごしに、ママはそっとわたしを抱《だ》きしめた。

うん、一週間《しゅうかん》でも十日《とおか》でも、ひとりで平気《へいき》だよ。ママに心配《しんぱい》かけないように、ひとりでがんばれるもん。

ママに向《む》かって、そして自分《じぶん》にいいきかせるように「うん！」と大《おお》きくうなずいてみせる。

「あのぅ……かすみちゃん、って、もしかして、桜《さくら》ヶ丘《がおか》スケートクラブの春野《はるの》かすみちゃん、ですか？」

ためらいがちにかけてくれた声《こえ》に振《ふ》りかえると、ロビーのソファーをひとつはさんだ通路《つうろ》に、ママより少《すこ》し年上《としうえ》かなと思《おも》う女《おんな》の人《ひと》が立《た》っていた。

なんとなくどこかで会《あ》ったことあるような気《き》がするなぁ、と思《おも》いながら答《こた》える。

「は、はい、わたし、春野《はるの》かすみです。」

その答《こた》えを聞《き》いて、その人《ひと》はホッとしたようにほほえんだ。

「よかった、人《ひと》ちがいじゃなくて。わたし、瀬賀花江《せがはなえ》といいます。夏野泉《なつのいずみ》はわたしの母《はは》で、いつも楽《たの》しそうにかすみちゃんの話《はなし》をしてましたから、初対面《しょたいめん》の気《き》がしなくて、つい話《はな》しかけてしまって。ごめんなさいね。」

「い、いえ。」

なんとなく会《あ》ったことあるような気《き》がするのも当然《とうぜん》だった。夏野《なつの》さんの車《くるま》いすを押《お》してリンクに来《き》ているときに、何度《なんど》か会《あ》ったことがある。

でも、こうして近《ちか》くで面《めん》と向《む》かって顔《かお》を合《あ》わせるのは、はじめてで。やっぱり美人《びじん》だなぁ、瀬賀《せが》くんと似《に》てるなぁって思《おも》った。

「まぁ、夏野《なつの》さんの！　いつもうちのかすみがお世話《せわ》になっておりますのに、ごあいさつにもうかがわず、申《もう》し訳《わけ》ありません。」

「いえいえ、そんな、気《き》になさらないで。」

頭《あたま》を下《さ》げようとしたママを押《お》しとどめてから、瀬賀《せが》くんのお母《かあ》さんは予想外《よそうがい》のひとことを口《くち》にした。

「ちょうど通《とお》りかかって、お話《はなし》が聞《き》こえてしまったので、差《さ》し出《で》がましいかとは思《おも》います

けど、もしよかったらお母《かあ》さんの入院中《にゅういんちゅう》、かすみちゃんをうちで預《あず》からせてもらえません
か？」
瀬賀《せが》くんのお母《かあ》さんがにっこり笑《わら》っていった言葉《ことば》の内容《ないよう》が、すぐには理解《りかい》できなくて、
やっと脳内《のうない》で理解《りかい》した瞬間《しゅんかん》、思《おも》わず「えぇ〜っ！」と大声《おおごえ》をあげてしまっていた。

7 夏野《なつの》さんの病室《びょうしつ》で

今日《きょう》のお昼《ひる》ごろ、夏野《なつの》さんの意識《いしき》がもどって、まだ話《はな》したりはできないものの、ずいぶん容態《ようだい》も安定《あんてい》してきたのだと、瀬賀《せが》くんのお母《かあ》さんの花江《はなえ》さんは話《はな》してくれた。しばらくは入院生活《にゅういんせいかつ》が続《つづ》くので、自分《じぶん》は毎日病院《まいにちびょういん》に来《き》ているから、面会時間《めんかいじかん》が終《お》わるころにかすみちゃんを連《つ》れて帰《かえ》ればいいだけだから——そういって花江《はなえ》さんは、わたしを預《あず》かるといってくれたの。

そこまでお世話《せわ》になるわけにはいきませんから——と最初《さいしょ》は断《ことわ》っていたママも、顔《かお》はニコニコしているのにぜんぜん引《ひ》きさがらない花江《はなえ》さんに根負《こんま》けしてしまった。

「そうと決《き》まったら、早《はや》く先生《せんせい》に報告《ほうこく》して、すぐに手術《しゅじゅつ》してもらいましょう。虫垂炎《ちゅうすいえん》の手《しゅ》術自体《じゅつじたい》は短時間《たんじかん》ですむらしいから、夜《よる》にはかすみちゃんも安心《あんしん》して帰《かえ》れるわ。」

「は、はい。」

勝手《かって》にママの車《くるま》いすを押《お》しはじめた花江《はなえ》さんは、ちょっと強引《ごういん》なくらい手際《てぎわ》がよくて社《しゃ》交的《こうてき》で、瀬賀《せが》くんとはかなりイメージがちがっていた。

話《はな》してみるまでは、車《くるま》いすなのにすぐ家《いえ》をぬけだして遠出《とおで》してしまう夏野《なつの》さんに振《ふ》り回《まわ》されて、あたふたしているおっとりしたお母《かあ》さん……っていうイメージだったんだけど、じっさいにはとてもテキパキしていて明《あか》るいし。

花江《はなえ》さんのお宅《たく》にお世話《せわ》になるって思《おも》えば、なんの心配《しんぱい》もいらない気《き》がするんだけど……でも、そこは瀬賀《せが》くんの家《いえ》でもあるわけで。そう考《かんが》えると、心臓《しんぞう》がドキドキして息苦《いきぐる》しくなってくる。

これからママの手術《しゅじゅつ》なんだっていう心配《しんぱい》のドキドキよりも、瀬賀《せが》くんの家《いえ》に行《い》く不安《ふあん》のドキドキのほうが大《おお》きいかもしれない。

ママが手術室《しゅじゅつしつ》に入《はい》ってから、扉《とびら》の上《うえ》にある「手術中《しゅじゅつちゅう》」のランプが消《き》えるまで、花江《はなえ》さんがずっとそばについていてくれた。夏野《なつの》さんには妹《いもうと》さん（瀬賀《せが》くんの叔母《おば》さん）が付《つ》きそってくれてるから、だいじょうぶなんだって。

虫垂炎《ちゅうすいえん》の手術《しゅじゅつ》は短時間《たんじかん》ですむって聞《き》いてたのに、ランプが消《き》えるまで四十分《ぷん》もかかった。

なにかあったんじゃないか——先生《せんせい》がまちがえて切《き》っちゃいけないところを切《き》っちゃって血《ち》がものすごく出《で》て止《と》まらなくなって……なんて、こわい想像《そうぞう》ばかりして、泣《な》きそうになってくる。

そしたら、花江《はなえ》さんがそっと手《て》をにぎってくれて、うまく息《いき》が吸《す》えなくなってたのが、すうっと楽《らく》になった。

ママは、きっとだいじょうぶ。

手術《しゅじゅつ》さえ終《お》わったら、もとどおりに元気《げんき》になるんだから。

「だいじょうぶ。癒着《ゆちゃく》があるっていってたから、そのせいで時間《じかん》がかかってるのよ。」

花江《はなえ》さんもそういってくれたから、ほんとにきっとだいじょうぶ。

じっと目《め》をとじて深呼吸《しんこきゅう》していたら、手術室《しゅじゅつしつ》のほうから音《おと》が聞《き》こえた。

ハッと目《め》を上《あ》げると、手術中《しゅじゅつちゅう》のランプが消《き》えていて、開《ひら》いた扉《とびら》からストレッチャーに乗《の》せられたママがやっと出《で》てきた。

「ママ！　ママ、だいじょうぶ？」

運《はこ》ばれていくストレッチャーに駆《か》け足《あし》でついていく。

あおむけに寝《ね》ていたママは、ちゃんと目《め》を開《あ》けていて、「だいじょうぶ。」と小《ちい》さな声《こえ》でいうとにっこり笑《わら》った。

手術《しゅじゅつ》も無事《ぶじ》終《お》わり、一週間《しゅうかん》ちょっと入院《にゅういん》する予定《よてい》の病室《びょうしつ》にもどった（四人部屋《にんべや》だけど、今《いま》はママのほかにひとりだけしかいない）。

まだじっと寝《ね》てなきゃいけないし、もちろん晩《ばん》ご飯《はん》も食《た》べられないんだけど、手術《しゅじゅつ》を終《お》えてママは急《きゅう》に元気《げんき》になってた。

救急車《きゅうきゅうしゃ》で運《はこ》ばれて緊急手術《きんきゅうしゅじゅつ》ってことになったから、家《いえ》からなにも持《も》ってこられなかったので、あした病院《びょういん》に持《も》ってこなきゃいけないものをママがリストアップして、わたしがメモ書《が》きする。

まだバスも動《うご》いてる時間《じかん》だし、今《いま》のうちに取《と》りにいこうかっていったら、花江《はなえ》さんに止《と》められた。もう外《そと》はすっかり暗《くら》いし、女《おんな》の子《こ》ひとりで行《ゆ》き来《き》するのはあぶないって。

それで、帰《かえ》るときに車《くるま》でコトブキ荘《そう》によってもらって、取《と》ってきた荷物《にもつ》はあした持《も》ってくることになった。ついでにわたしの荷物《にもつ》も今夜《こんや》じゅうに取《と》ってこられるし、一石二鳥《いっせきにちょう》だよね。

八時少《じすこ》し前《まえ》に、看護師《かんごし》さんが手術《しゅじゅつ》の前《まえ》からしている点滴《てんてき》を、新《あたら》しいのにつけ替《か》えにきてくれた。

体《からだ》に水分《すいぶん》を補給《ほきゅう》するための輸液《ゆえき》っていうのがひとつと、手術《しゅじゅつ》したところの炎症《えんしょう》をおさえるための薬《くすり》がひとつ。今日《きょう》から三、四日間《よっかかん》は、ほとんど一日《いちにち》じゅう点滴《てんてき》が続《つづ》くんだって。

それを合図《あいず》にしたように、花江《はなえ》さんが「そろそろ帰《かえ》りましょう。」と声《こえ》をかけてくれた。あと少《すこ》しで面会時間《めんかいじかん》の終《お》わる時刻《じこく》だった。

「じゃあママ、あしたの朝《あさ》また来《く》るね。」

そういうと、ママは苦笑《にがわら》いみたいに口《くち》もとをゆがめて首《くび》を振《ふ》った。

「朝《あさ》には面会時間《めんかいじかん》がないし、病院《びょういん》によってるひまもないでしょ。来《き》てくれるんだったら、学校《がっこう》が終《お》わってからにしなさいね。ママ、ほんとにもうだいじょうぶだから、いつもどおり練習《れんしゅう》に行《い》ったっていいんだよ。」

「ううん、あしたはぜったいに来《く》るから。だってママ、いたくてもがまんしちゃうから、まだ安心《あんしん》できないもん。」

土曜《どよう》の朝《あさ》に病院《びょういん》行《い》かないでがまんしてたこと、正直《しょうじき》いうとまだ怒《おこ》ってるんだからね。だからあしたは、学校《がっこう》が終《お》わったらすぐ病室《びょうしつ》に来《き》て、ちゃんとママの顔色《かおいろ》見《み》て元気《げんき》になったかどうかたしかめるんだ。

スケートの練習《れんしゅう》は大事《だいじ》だけど、今《いま》はママのことをいちばんに考《かんが》えなきゃ。

ママも夏野《なつの》さんも完全看護《かんぜんかんご》だから、面会時間《めんかいじかん》がすぎたら付《つ》きそいの家族《かぞく》は帰《かえ》らなきゃいけない。

瀬賀《せが》くんの叔母《おば》さんを車《くるま》で駅《えき》に送《おく》るので、夏野《なつの》さんの病室《びょうしつ》に迎《むか》えにいってから帰《かえ》ることになった。

そこは個室《こしつ》みたいで、扉《とびら》の横《よこ》には「夏野泉《なつのいずみ》」の名札《なふだ》しかかかっていない。

ノックしてから扉《とびら》を開《あ》けると、そこには花江《はなえ》さんによく似《に》た女《おんな》の人《ひと》と、もうひとり――瀬賀《せが》くんが、いすに腰《こし》かけていた。

「こ、こんばんは。」

あわててふたりにあいさつすると、叔母《おば》さんは「こんばんは。」と頭《あたま》を下《さ》げてくれたけど、瀬賀《せが》くんは眉《まゆ》をひそめてこっちをにらみつけた。

「なんでおまえが、ここにいるんだよ。」

そういったとたん、花江《はなえ》さんが瀬賀《せが》くんの頭《あたま》をコツンと軽《かる》くたたいた。

「こら、なんて口《くち》のきき方《かた》してんの！」

「いってえ、なにすんだよ！」

「冬樹《ふゆき》が、女《おんな》の子《こ》を『おまえ』よばわりしたりするからでしょ。」

ムッとしたように口《くち》をとがらせた瀬賀《せが》くんは、そっぽを向《む》いたままいった。

「なんで、春野《はるの》かすみがここにいるんだって、聞《き》いてんだけど。」

なんだかスネた感《かん》じがちっちゃな子《こ》どものようで、思《おも》わず笑《わら》いそうになってしまった。

でも、ちょっとだけ笑《わら》いかけたのがバレたみたいで、また瀬賀《せが》くんににらまれた。

叔母《おば》さんの話《はなし》によると、瀬賀《せが》くんはたった今《いま》スケートリンクから病院《びょういん》に着《つ》いたところで、今日《きょう》からわたしが瀬賀家《せがけ》に泊《と》まるってことを、まだなにも聞《き》いてなかったらしい。

お母《かあ》さんから事情《じじょう》を聞《き》いているあいだもずっと、瀬賀《せが》くんの顔《かお》はふきげんなままだ。

どうしよう。わたしなんかが家《いえ》に来《く》るなんて、きっとイヤにちがいないよね。

親友《しんゆう》の秋人《あきと》くんや真白《ましろ》ちゃんなら一週間泊《しゅうかんと》まりにきても楽《たの》しいだろうけど、わたしなんかが泊《と》まっても、うっとうしくて邪魔《じゃま》なだけだし。

わぁ、今《いま》まですっかり忘《わす》れてたけど、わたし、夏野《なつの》さんが倒《たお》れた日《ひ》に、瀬賀《せが》くんのことめちゃくちゃどなりつけたりしてたじゃん。

年下《としした》の小学生《しょうがくせい》にあんなひどいこといわれて、腹《はら》が立《た》ったに決《き》まってる。

ぜったいきらわれちゃってるのに、あつかましく泊《と》まりにいくなんて、わたしなにやってんの！

瀬賀《せが》くんの顔《かお》も、花江《はなえ》さんたちの顔《かお》もまともに見《み》ていられなくて、部屋《へや》のすみに視線《しせん》をそらした。

すると、薄暗《うすぐら》いその一角《いっかく》に、見《み》たことのある人影《ひとかげ》があった。

病室《びょうしつ》の中《なか》なのに、フリルのいっぱいついた華《はな》やかなジゼルの衣装《いしょう》を着《き》て、瀬賀《せが》くんたちを見守《みまも》るように立《た》っているその人《ひと》は――。

「かっ……。」

思《おも》わず「花音《かのん》さん。」っていいかけて、あやうくのみこんだ。

あぶなかった～。花音《かのん》さんのこと見《み》えてるの、たぶんわたしだけなのに、名前《なまえ》なんかよんじゃったらたいへんなことになるとこだった。

花音《かのん》さんも、わたしが気《き》づいたことがわかったみたいで、人《ひと》さし指《ゆび》をくちびるにあてながら、そっとうなずいている。ここにいることを、人《ひと》にいっちゃいけないってことだよね。

「春野《はるの》、今《いま》なんかいわなかったか？」

瀬賀《せが》くんには、わたしが「かっ……。」っていったのが聞《き》こえたみたいで、にらみつけながら問《と》いつめてくる。

ほんとのことなんかいえるわけないし、必死《ひっし》に首《くび》を横《よこ》に振《ふ》ってなにもいってないことにした。

「さ、いつまでもここにいるわけにいかないし、そろそろ帰《かえ》りましょうか。かすみちゃんの家《いえ》にもよらなきゃいけないしね。」

花江《はなえ》さんがそういうと、叔母《おば》さんと瀬賀《せが》くんはいすから立《た》った。

扉《とびら》のほうに向《む》かう前《まえ》に花江《はなえ》さんは、寝《ね》ている夏野《なつの》さんのそばによった。

ふとんの上《うえ》に出《で》ている枯《か》れ枝《えだ》みたいに細《ほそ》い手《て》を、そっとにぎってから声《こえ》をかける。

「母《かあ》さん、またあしたも来《く》るから。早《はや》く元気《げんき》になってね。」

そのとき、部屋《へや》のすみにいた花音《かのん》さんが、一瞬《いっしゅん》のうちに花江《はなえ》さんのそばに移動《いどう》していた。

花江《はなえ》さんと同《おな》じように夏野《なつの》さんの手《て》をにぎったのを見《み》て、思《おも》わずわたしも花音《かのん》さんのそばに駆《か》けよってしまった。

つい「そんなにとこに行《い》ったら、みんなに見《み》えちゃう！」なんて思《おも》ったからなんだけど、やっぱり花音《かのん》さんが見《み》えてるのはわたしだけみたいで、ほかのだれも反応《はんのう》していない。

『おばあちゃん、早《はや》く元気《げんき》になってね。』

わたしには、花音《かのん》さんがはっきりそういうのが聞《き》こえたのに、花江《はなえ》さんにも瀬賀《せが》くんにも聞《き》こえてないみたいだった。

ただ瀬賀《せが》くんは、急《きゅう》に夏野《なつの》さんのそばによったわたしを、うさんくさげににらみつけている。

ただ駆《か》けよっただけじゃ変《へん》に思《おも》われるし、わたしも花音《かのん》さんのまねをして、夏野《なつの》さんに声《こえ》をかけた。

「夏野《なつの》さん、早《はや》く元気《げんき》になってくださいね。」

花音《かのん》さんの手《て》に重《かさ》ねるように、夏野《なつの》さんの手《て》をにぎった瞬間《しゅんかん》、バチッと静電気《せいでんき》みたいなものにはじかれて、思《おも》わず手《て》を引《ひ》っこめる。

それと同時《どうじ》に、夏野《なつの》さんがパッチリと目《め》を開《ひら》いた。

しばらく天井《てんじょう》を見《み》つめてから、少《すこ》し首《くび》をめぐらせて、わたしのほうをじぃっと見《み》つめる。

「かの、ん……？　じゃ、ないわね。ああ、あなたは、スケートクラブの春野《はるの》かすみちゃんね。わざわざ、お見舞《みま》いにきてくれて、ありがとう。」

意識《いしき》はもどったもののまだしゃべれない、って聞《き》いてたのに、夏野《なつの》さん、わたしのことがわかって、話《はな》しかけてくれたんだ。

わたしが返事《へんじ》する前《まえ》に、瀬賀《せが》くんが夏野《なつの》さんの顔《かお》をのぞきこみながらいった。

「ばあちゃん、春野《はるの》のこと、わかるのか？　じゃあ、おれや母《かあ》さんのことも、わかるよな。」

今度《こんど》は瀬賀《せが》くんが夏野《なつの》さんの手《て》をにぎる。そしたら、夏野《なつの》さんがほんとにうれしそうに、顔《かお》をくしゃくしゃにして笑《わら》った。

「もちろん、わかるに決《き》まってるでしょ。いろいろ心配《しんぱい》かけて、ごめんなさいね、冬樹《ふゆき》。」

夏野《なつの》さんの笑顔《えがお》を見《み》つめる瀬賀《せが》くんも、今《いま》まで見《み》たことないような、くしゃくしゃの笑《え》顔《がお》で、ちょっとだけ涙《なみだ》ぐんでいた。

いつのまにか花音《かのん》さんの姿《すがた》は、病室《びょうしつ》から消《き》えていた。

8 新《あたら》しい練習着事件《れんしゅうぎじけん》

ママが入院《にゅういん》している病院《びょういん》の面会時間《めんかいじかん》は、午後《ごご》二時《じ》から八時《じ》まで。

時間外《じかんがい》にも、どうしても必要《ひつよう》なものを患者《かんじゃ》の家族《かぞく》が持《も》っていくこともあるけど、学校《がっこう》が始《はじ》まる前《まえ》に病室《びょうしつ》によるのはさすがに早《はや》すぎるから、いつもどおり早朝練習《そうちょうれんしゅう》に行《い》きなさい、ってママにいわれた。

なので、翌朝《よくあさ》もいつもの時間《じかん》にいつものようにリンクに入《はい》った。

いつものように友《とも》だちにあいさつしてから、いつものように練習《れんしゅう》を始《はじ》める。

「おはよう、真子《まこ》ちゃん、塁《るい》くん。」

「かすみちゃん、おはよう〜。」

いつもとちがっていたのは、塁《るい》くんは返事《へんじ》してくれたけど、真子《まこ》ちゃんがすごく怒《おこ》ってるみたいなこと。

「あの……真子《まこ》ちゃん？」

「かすみちゃんさぁ、きのうなんで急《きゅう》に帰《かえ》っちゃったのよ。なんでもなかったらすぐもどってくる、っていってたのに、ぜんぜんもどってこないし。何度《なんど》か家《いえ》に電話《でんわ》したけど、ずーっと留守電《るすでん》だし、おばさんの携帯《けいたい》も電源《でんげん》切《き》れてるし。なにかあったのかと思《おも》って、一晩《ひとばん》じゅう心配《しんぱい》してたんだよ！」

「ご、ごめん、真子《まこ》ちゃん。いろいろあって、真子《まこ》ちゃんに報告《ほうこく》しなきゃいけないの、すっかり忘《わす》れてて……。」

「忘《わす》れてた、ですってぇ！」

わわわ、どうしよう。

真子《まこ》ちゃん、本気《ほんき》で怒《おこ》ってるみたいだよぅ。

でも、これはほんと、わたしが全部悪《ぜんぶわる》いんだから、ちゃんとあやまって、ちゃんと説明《せつめい》しなきゃ。

そう思《おも》って口《くち》を開《ひら》こうとしたとき、塁《るい》くんがのんきに大声《おおごえ》でいった。

「あれぇ？　その練習着《れんしゅうぎ》、いつものとちがうよね。」

たしかにそうだけど。

真子《まこ》ちゃんにいろいろ説明《せつめい》しなきゃいけないってときに、なんで今《いま》そこにつっこんでくるのかなぁ。

「練習着《れんしゅうぎ》、新《あたら》しいの買《か》ったんだぁ。パンツタイプのもカッコいいよね。どこで買《か》ったの？」

「あの、えっと、これはちょっと……。」

どうしよう、なんて説明《せつめい》したらいいのかな。


きのうの午後《ごご》、ママが虫垂炎《ちゅうすいえん》の手術《しゅじゅつ》をするために入院《にゅういん》することになって、偶然病院《ぐうぜんびょういん》のロビーで出会《であ》った瀬賀《せが》くんのお母《かあ》さん・花江《はなえ》さんのご厚意《こうい》で瀬賀《せが》くんちに泊《と》まらせてもらうことになった。

面会時間《めんかいじかん》が終《お》わると同時《どうじ》に病院《びょういん》を出《で》て、車《くるま》でコトブキ荘《そう》によってもらって、ママの入院《にゅういん》に必要《ひつよう》なものやわたしの着替《きが》えや教科書《きょうかしょ》を取《と》ってきたときに、スケート用《よう》の練習着《れんしゅうぎ》も取《と》ってこられるはずだった。

……はずだったのに、わたしうっかり、練習着《れんしゅうぎ》の洗《あら》い替《が》えやタオルもいること、忘《わす》れてたんだよね。

もともと持《も》ってたバッグにスケート靴《ぐつ》ときのう使《つか》った練習着《れんしゅうぎ》は入《はい》ってたんだけど、今朝《けさ》おきるまで、今日《きょう》のぶんの練習着《れんしゅうぎ》がないことをすっかり忘《わす》れてた。

朝《あさ》、瀬賀《せが》くんも今日《きょう》から早朝練習《そうちょうれんしゅう》に行《い》くからいっしょに送《おく》ってあげるって花江《はなえ》さんにいわれたとき、泣《な》きそうになりながら事情《じじょう》を話《はな》したら、わたしが泊《と》めてもらっていた部屋《へや》にあったタンスの中《なか》から、サイズぴったりの練習着《れんしゅうぎ》を出《だ》してくれた。

「これ、たぶんもうだれも使《つか》うこともないし、かすみちゃんにあげる。ううん、使《つか》ってくれたら、おばさんうれしいわ。」

やさしくほほえみながら練習着《れんしゅうぎ》を手渡《てわた》してくれた花江《はなえ》さんが部屋《へや》を出《で》ていくと、壁《かべ》ぎわにうっすらと花音《かのん》さんの姿《すがた》が現《あらわ》れた。

「あの……これ、もしかして花音《かのん》さんの？」

そうたずねると、花音《かのん》さんはコクリとうなずいた。

「じゃあ、やっぱりこの部屋《へや》は、花音《かのん》さんの部屋《へや》だったんですね。」

クリーム色《いろ》の壁紙《かべがみ》とうすいブルーのカーテンのかかった、ジゼルの衣装《いしょう》とよく似《に》た色《いろ》あいの部屋《へや》。

ゆうべ、ベッドには寝《ね》させてもらったけれど、中学《ちゅうがく》一年生《ねんせい》の教科書《きょうかしょ》やちょっと古《ふる》めの少女《しょうじょ》マンガが棚《たな》にならんでいる学習机《がくしゅうづくえ》は、なんとなく使《つか》うことができなかった。

いつほんとうの持《も》ち主《ぬし》が帰《かえ》ってきてもいいように、きれいにそうじされてるんだなぁって、そう思《おも》ったから。

花音《かのん》さんはニッコリ笑《わら》ってうなずくと、ちょっとおおげさなしぐさで、人《ひと》さし指《ゆび》をくちびるにあてた。え？　と思《おも》った瞬間《しゅんかん》、ノックもなしにドアが開《あ》いた。

「おい、早朝練習《そうちょうれんしゅう》行《い》くつもりなんだったら、早《はや》くおりてこいよ。朝《あさ》メシは、車《くるま》ん中《なか》でおにぎりだけど、いいよな？」

いきなり顔《かお》を出《だ》した瀬賀《せが》くんは、あいかわらずふきげんにそういうと、すぐに顔《かお》をそむけた。

「あっ、はい、すぐ用意《ようい》していきます。」

あわててベッドに置《お》いていたバッグ二つ（学校用《がっこうよう》とスケート用《よう》）を手《て》に振《ふ》りかえると、

開《あ》いたドアをはさんで、ほんの五十センチほどの近《ちか》さで瀬賀《せが》くんと花音《かのん》さんが立《た》っているのが見《み》えた。

花音《かのん》さんが、まだくちびるに指《ゆび》をあてたままなのは、「自分《じぶん》がここにいることは、ないしょだよ。」っていう意味《いみ》なのかな。

花音《のん》さんはずっといたずらっ子《こ》みたいな顔《かお》で笑《わら》っているのに、なぜだか心臓《しんぞう》のあたりがギューッと苦《くる》しくなって、涙《なみだ》が出《で》そうになる。

「なにしてんだ、つーか、どこ見《み》てんだよ、春野《はるの》。さっきも、なんかひとりごといってたみてぇだし、だいじょうぶか、おまえ。……まぁいろいろ、たいへんかもしんねーけど、ぼーっとしてんじゃねえぞ。」

そういった瀬賀《せが》くんは、眉《まゆ》をひそめて口《くち》をとがらせたままだったけど。

ぼーっとしてんじゃねえぞ、っていいながら、一歩《ぽ》だけ部屋《へや》の中《なか》に入《はい》って、わたしの頭《あたま》を乱暴《らんぼう》にグシャグシャなでまわしてから、部屋《へや》を出《で》ていった。

あのときの、死《し》にそうなくらい猛《もう》スピードでドキドキしてた心臓《しんぞう》の音《おと》がよみがえってきてしまい、塁《るい》くんの問《と》いに答《こた》えられないまま顔《かお》が真《ま》っ赤《か》になってくる。

でも、ずっとだまってるわけにいかないし、瀬《せ》賀《が》くんちに泊《と》めてもらってることも、ママの入院《にゅういん》のことも説明《せつめい》しなきゃ――と思《おも》っていたとき。

「あー、その練習着《れんしゅうぎ》は、おれのお古《ふる》だよ。」

突然《とつぜん》すべりよってきた瀬《せ》賀《が》くんのひとことに、真《ま》子《こ》ちゃんも塁《るい》くんも「えええ〜っ!」と声《こえ》をあげた。

不意《ふい》打《う》ちすぎて声《こえ》も出《で》なかったけど、わたしもいっしょに心《こころ》の中《なか》で絶叫《ぜっきょう》してしまってた。

「そ、それは、ど、どういうことなん……。」

目《め》を真《ま》ん丸《まる》くしていた塁《るい》くんが、やっとしゃべりはじめたら、さえぎるような勢《いきお》いで瀬《せ》賀《が》くんが答《こた》えた。

「きのう、春野《はるの》をおれんちに泊《と》めてやったんだ。朝練用《あされんよう》の練習着《れんしゅうぎ》がねえっていうから、うちにあった古《ふる》いのを貸《か》してやった、それだけだ。」

「それだけ、って!」

真子《まこ》ちゃんも、わけがわからないって感《かん》じで、呆然《ぼうぜん》としてる。

いやいや、「それだけ」じゃないでしょ！

ほんとの事情《じじょう》がぜんぜん伝《つた》わってないから！

ふつうなら、瀬賀《せが》くんちに泊《と》めてもらうような接点《せってん》なんかないのに、みんなわけがわからなくてザワザワしはじめてるじゃん。

なんとなくザワザワにひかれて集《あつ》まってきた人《ひと》がきの中《なか》に、真白《ましろ》ちゃんの姿《すがた》もある。

どうしよう、さっきみたいないい方《かた》してたの聞《き》いたら、真白《ましろ》ちゃんも変《へん》な誤解《ごかい》しちゃうかもしれないよ。

「あの……あの、きのうね、ママが心配《しんぱい》で家《いえ》に帰《かえ》ったら、ママ、キッチンに倒《たお》れてて、おなかがいたいって、苦《くる》しそうで。それで、救急車《きゅうきゅうしゃ》に来《き》てもらって、病院《びょういん》に行《い》ったら、すぐに手術《しゅじゅつ》することになったんだけど。一週間《しゅうかん》は入院《にゅういん》しないといけないから、わたしが家《いえ》にひとりだと心配《しんぱい》って、ママ、入院《にゅういん》しないなんていいだして。どうしたらいいのかわかんなくなってたら、瀬賀《せが》くんのお母《かあ》さんが偶然通《ぐうぜんとお》りかかって、わたしのこと、泊《と》めてくれるっていってくれて、だから、えっとね……。」

真子《まこ》ちゃんの手《て》をとってブンブン振《ふ》りながら、必死《ひっし》で説明《せつめい》しようとしてたら、そばで「ブッ。」と吹《ふ》きだすような音《おと》がした。

「ほらな、自分《じぶん》でちゃんと説明《せつめい》できてんじゃん、春野《はるの》。やろうと思《おも》えばできるんだから、いちいちビビってんじゃねえぞ。」

また乱暴《らんぼう》に髪《かみ》の毛《け》をクシャッとされる感触《かんしょく》を残《のこ》して、瀬賀《せが》くんがさっそうとすべり去《さ》っていく。

ホッとしたのに、またドキドキが止《と》まらなくなって、練習着《れんしゅうぎ》の胸《むね》のあたりをぎゅっとにぎりしめた。

授業《じゅぎょう》を終《お》えて教室《きょうしつ》のそうじもすませると、三時半《じはん》はとっくにすぎてしまう。

ふだんは、すぐにリンクに向《む》かって、六時《じ》までの一般滑走時間《いっぱんかっそうじかん》＋スケートクラブ貸《か》し切《き》りの時間《じかん》まで、たっぷり練習《れんしゅう》するんだけど。

今日《きょう》は少《すこ》しでも早《はや》く病院《びょういん》に行《い》きたくて、スケートの練習《れんしゅう》はお休《やす》みすることにした。

病室《びょうしつ》に着《つ》くと、ママはベッドに横《よこ》になって本《ほん》を読《よ》んでいた。わたしが入《はい》っていったのに気《き》づいて、眉《まゆ》をひそめる。

「こんなに早《はや》く来《こ》なくていいのに。もうすぐ大事《だいじ》な大会《たいかい》なんでしょう。今《いま》からでも、練習《れんしゅう》してきたら？」

なんだか怒《おこ》ったようにいわれて、ちょっとムッとしたけど、それだけママがわたしのスケートを応援《おうえん》してくれてるってことだよね。

怒《おこ》ったりスネたりするんじゃなくて、素直《すなお》に自分《じぶん》の気持《きも》ちを話《はな》そう。

「だいじょうぶ、今《いま》までちゃんと練習《れんしゅう》してきたんだし。今日《きょう》ぐらいママのそばにいさせてよ。あしたからは、一般滑走《いっぱんかっそう》の時間《じかん》だけでも練習《れんしゅう》してくるつもりだから。」

そういって、ほほえみながらうなずいた。

すると、ママもちょっとホッとしたような笑《え》みを浮《う》かべた。

「かすみがそういうなら、だいじょうぶってことにしておいてあげるわ。試合《しあい》がどうなるか、楽《たの》しみにしてる。」

ちょっとからかうようないい方《かた》だったけど、とりあえず追《お》いかえされなくてよかった。

しばらくすると、まだ五時《じ》になってないのに、晩《ばん》ご飯《はん》が来《き》た。

サラサラのおかゆに、ほぐした煮魚《にざかな》やペースト状《じょう》のかぼちゃ……とにかくやわらかそうで赤《あか》ちゃんの離乳食《りにゅうしょく》みたい。朝《あさ》は水《みず》だけ、昼《ひる》はおもゆとスープだけだったっていうから、ママにはこれでもすごく豪華《ごうか》な食事《しょくじ》に見《み》えるんだって。

「食《た》べさせてあげようか？」

って聞《き》いたら、ソッコーで断《ことわ》られた。何度《なんど》かトイレにも行《い》ったし、ベッドを背《せ》もたれみたいにおこせば、自力《じりき》ですわって食《た》べられるんだって。

今《いま》もまだ点滴《てんてき》が一本腕《ぽんうで》に刺《さ》さってるけど、それがなければ、もうほとんどいつもと変《か》わりなく見《み》える。

晩《ばん》ご飯《はん》が終《お》わると、ママはベッドを倒《たお》してまた横《よこ》になった。

読書《どくしょ》を再開《さいかい》したママのそばで、わたしもベッドのはしにノートをひろげて宿題《しゅくだい》をする。

特《とく》にしゃべることもなかったので、ずっとだまっていたけど、ママとふたりきりでも、昔《むかし》みたいに息苦《いきぐる》しく感《かん》じることもない。

ほんとは少《すこ》し練習《れんしゅう》のことが気《き》になったけど、ママに付《つ》きそっていられる今日《きょう》のこの時間《じかん》が、とてもしあわせに感《かん》じられた。

9　エレベーターは上《うえ》に向《む》かう

手術《しゅじゅつ》の翌々日《よくよくじつ》からは、放課後《ほうかご》の練習《れんしゅう》にも出《で》ることになった。ただし、一般滑走《いっぱんかっそう》の時間《じかん》が終《お》わったらリンクを出《で》て、面会時間《めんかいじかん》が終《お》わるまでちょっとのあいだだけど、ママの付《つ》きそいをするの。

ママは「今《いま》は全日本《ぜんにほん》ジュニアが大事《だいじ》だから病院《びょういん》には来《こ》なくていい。」なんていうんだけど、やっぱり一日《にち》に一回《かい》はママの顔《かお》を見《み》ないと、かえって練習《れんしゅう》に集中《しゅうちゅう》できないし。

そもそも、病院《びょういん》の面会時間《めんかいじかん》が終《お》わったらいっしょに帰《かえ》ればいいってことで、瀬賀家《せがけ》に泊《と》まらせてもらうことになったんだから、八時《じ》には病院《びょういん》にいるべきだし。

付《つ》きそいっていっても、晩《ばん》ご飯《はん》も五時《じ》に終《お》わってるし、着替《きか》えた衣類《いるい》もママが自分《じぶん》で洗《せん》濯《たく》してしまってるし（病院内《びょういんない》にコインランドリーがあるんだって）、特《とく》になにもすることはない。

手術《しゅじゅつ》の翌日《よくじつ》みたいに、ママのそばで宿題《しゅくだい》したり、ときどきは、学校《がっこう》やスケートクラブでおきたことを話《はな》したりする。

体験学習《たいけんがくしゅう》で近《ちか》くの農家《のうか》にいもほりに行《い》って、収穫《しゅうかく》したおいもで焼《や》きいも大会《たいかい》があったこと。

自分《じぶん》のほったおいもをスケッチする授業《じゅぎょう》もあって、おいしそうに描《か》けてるって先生《せんせい》にほめられたこと。

話《はな》してるうちに、渡《わた》しそびれていたプリントのことを思《おも》いだした。

「これ、先週《せんしゅう》もらってたのに、渡《わた》すの忘《わす》れてて……。今週《こんしゅう》の土曜《どよう》、参観日《さんかんび》なんだって。」

「えぇー、今週《こんしゅう》の土曜《どよう》ってあと三日《みっか》しかないじゃないの！ プリントはもらった日《ひ》にすぐ渡《わた》しなさいって、いつもいってるでしょ！」

ひさしぶりのママのお小言《こごと》に、思《おも》わず首《くび》をすくめる。

でも、すぐにフフッと笑《わら》う声《こえ》がした。

「まぁ、ちゃんとプリントもらってても、行《い》けなかったけどね。今週末《こんしゅうまつ》じゃまだ入院中《にゅういんちゅう》だから。」

そっか、まだ入院《にゅういん》してる予定《よてい》の日《ひ》だったんだ。

ママが病院《びょういん》からもらってた「入院診療計画書《にゅういんしんりょうけいかくしょ》」っていう紙《かみ》には、「推定入院期間《すいていにゅういんきかん》・八日間《ようかかん》」って書《か》いてあった。

二日前《ふつかまえ》の月曜《げつよう》に入院《にゅういん》したから、退院予定《たいいんよてい》は来週《らいしゅう》の火曜日《かようび》。土曜《どよう》の参観日《さんかんび》に来《き》てもらうことはできない。

「残念《ざんねん》だなぁ。」

思《おも》わずつぶやいてから、自分《じぶん》でその言葉《ことば》にびっくりした。

今《いま》まで、参観日《さんかんび》が楽《たの》しみだとか、ママにぜったい来《き》てほしいとか、思《おも》ったことなんてなかったのに。

どっちかというと参観日《さんかんび》は苦手《にがて》で、ママが見《み》てると思《おも》ったら緊張《きんちょう》して、わかる問題《もんだい》もわからなくなっちゃったりしてた。

パパが来《き》てくれたときには、逆《ぎゃく》にいつもよりよくできたりしてたんだけどね。

パパが亡《な》くなってこの町《まち》に引《ひ》っ越《こ》してからも参観日《さんかんび》はあったけど、平日《へいじつ》だったから会社《かいしゃ》に行《い》ってるママは来《こ》られなかった。

今度《こんど》は土曜参観《どようさんかん》で、ほんとならママも来《こ》られたのになぁ……って思《おも》うと、なんだか残念《ざんねん》な気《き》がするの。

だって、今《いま》ならきっと、ママが見《み》てててもだいじょうぶだって思《おも》えるから。

「じゃあ、わたしそろそろ帰《かえ》るね。」

「うん。瀬賀《せが》さんと夏野《なつの》さんによろしくね。くれぐれもご迷惑《めいわく》かけるんじゃないわよ。」

七時半《じはん》すぎにママの病室《びょうしつ》を出《で》て、夏野《なつの》さんの入院《にゅういん》している病棟《びょうとう》に向《む》かう。といっても、救急指定《きゅうきゅうしてい》だけどそんなに大《おお》きな病院《びょういん》じゃないので、外科病棟《げかびょうとう》と内科病棟《ないかびょうとう》で階《かい》がちがうだけだ。

外科《げか》は二階《かい》で内科《ないか》は四階《かい》なので、上向《うえむ》きボタンを押《お》して待《ま》っていると、すぐにエレベーターが上《あ》がってきた。

扉《とびら》が開《ひら》いて中《なか》に入《はい》ろうとした瞬間《しゅんかん》、「えっ！」と声《こえ》をあげてしまった。扉《とびら》が開《ひら》いて真正面《ましょうめん》に見《み》えた場所《ばしょ》に、奥《おく》の鏡《かがみ》を背《せ》にして瀬賀《せが》くんが立《た》ってたんだ。

瀬賀《せが》くんも一瞬《いっしゅん》だけおどろいたような顔《かお》をしてから、すぐ眉間《みけん》にシワをよせた。

「そんな、おどろくことねえだろ。ばあちゃんの見舞《みま》いにきただけだっつーの。」

フン、とふきげんに鼻《はな》を鳴《な》らすと、瀬賀《せが》くんは体《からだ》の前《まえ》にさげていたスポーツメーカーのロゴ入《い》りバッグを、さっと後《うし》ろに回《まわ》した。

そのとき、バッグの持《も》ち手《て》といっしょに右手《みぎて》ににぎられていた紙切《かみき》れが、ほんの一瞬《いっしゅん》だけ見《み》えた。

自分《じぶん》にこんな動体視力《どうたいしりょく》があるなんて、今《いま》はじめて知《し》ったんだけど、わたし、その紙《かみ》に書《か》かれていた文字《もじ》まで見《み》えちゃったんだ。

いちばん上《うえ》に「診療《しんりょう》ナントカ」って書《か》いてあるその紙《かみ》の、ほんの上《うえ》のほうしか見《み》えなかったんだけど。そこにはたしかに「整形外科《せいけいげか》」っていう文字《もじ》と、「瀬賀冬樹様《せがふゆきさま》」っていう名前《なまえ》が書《か》いてあった。

「閉《へい》」のボタンを押《お》している瀬賀《せが》くんに、思《おも》わず声《こえ》をかけてしまった。

「お見舞《みま》いなのに、なんで、整形外科《せいけいげか》に行《い》ったんですか？」

「な、にいってんだか、わかんねえな。」

後《うし》ろ手《で》に回《まわ》した明細書《めいさいしょ》をもっと後《うし》ろにかくそうとしてるんだけど、かえって鏡《かがみ》に映《うつ》っちゃって、さっきは見《み》えてなかった今日《きょう》の日付《ひづけ》と「外来《がいらい》」「再診料《さいしんりょう》」っていう字《じ》も見《み》えた。

「後《うし》ろに回《まわ》した紙《かみ》が、鏡《かがみ》に映《うつ》ってるんです。そこに、名前《なまえ》とか整形外科《せいけいげか》とか書《か》いてあるから……。」

「へっ？」

大《おお》きく目《め》を見開《みひら》いて、瀬賀《せが》くんは背中《せなか》に回《まわ》した手《て》の先《さき》をまじまじと見《み》てから、あわててその紙《かみ》をにぎりつぶした。

いやいや、そんなことしても、もう見《み》えちゃってますって。

こういう場面《ばめん》、もっとクールに切《き》りぬけそうに見《み》えるのに、案外《あんがい》ドジなところがかわいいな……なんて思《おも》ってしまった。

でも、かくれて整形外科《せいけいげか》に行《い》ってたなんて、これはちょっと笑《わら》ってる場合《ばあい》じゃないよね。

今朝《けさ》の早朝練習《そうちょうれんしゅう》も放課後《ほうかご》の練習《れんしゅう》も、いつもどおりにこなしてるように見《み》えたのに、ほんとうはいたみをこらえて無理《むり》していたんだろうか。

「再診《さいしん》」ってことは、もう何度《なんど》も通《かよ》ってるってことだし、けっこうひどいケガかもしれない。

そう思《おも》うと、いくらドジでかわいくても、そんなごまかし見逃《みのが》すわけにいかなかった。

つばをゴクリとのみこんで、深呼吸《しんこきゅう》して、意《い》を決《けっ》してたずねる。

「どこ、いためたんですか？」

バッグを前《まえ》にかかえなおして、後《うし》ろを向《む》いてだまりこんでる。

やっぱりいいたくないわけね。

「いつから、通《かよ》ってるんですか？」

はぁ、これも無視《むし》ですか。

鏡《かがみ》ごしに向《む》かい合《あ》うのもイヤなのか、天井《てんじょう》のすみを見上《みあ》げた変《へん》な体勢《たいせい》になってる。

「寺島先生《てらしませんせい》は、知《し》ってるんですか？」

答《こた》えはなくて、聞《き》こえるのはエレベーターの上《あ》がってく音《おと》だけ。

いくら瀬賀《せが》くんがカッコいい王子様《おうじさま》（氷《こおり》の上限定《うえげんてい》）でも、人《ひと》の質問《しつもん》を無視《むし》するのはよくないと思《おも》いますよ。

心配《しんぱい》だから聞《き》いてるのに、なんで無視《むし》なんですか！

後頭部《こうとうぶ》をにらみつけながら、心《こころ》の中《なか》で文句《もんく》をいった。

ベルの音《おと》がして、エレベーターの扉《とびら》が開《ひら》く。

四階《かい》でおりてすぐ、先《さき》にスタスタ行《い》ってしまおうとする瀬賀《せが》くんの背中《せなか》に、怒《いか》りをぶつけた。

「じゃあ、夏野《なつの》さんの病室《びょうしつ》で、瀬賀《せが》くんのお母《かあ》さんに聞《き》きますから。」

そういったとたん、瀬賀《せが》くんの背中《せなか》がピクリと動《うご》いて、足《あし》が止《と》まった。

「母《かあ》さんやばあちゃんには、ぜったいにいうな！」

しぼりだすような低《ひく》い声《こえ》に、心《こころ》がぎゅっとちぢこまるような気《き》がした。

振《ふ》りむいた瀬賀《せが》くんは、すごくくやしそうな、でもどこか心細《こころぼそ》げに見《み》える、複雑《ふくざつ》な表情《ひょうじょう》をしていた。

「あとで話《はな》すから……今《いま》ここでは、いわないでくれ。たのむ。」

そんなふうにたのまれたら、うなずくしかなかった。

瀬賀《せが》くんの家《いえ》にはじめて行《い》った日《ひ》、少女《しょうじょ》マンガの世界《せかい》にでもまぎれこんだのかと思《おも》った。

つるバラのつたうアーチ形《がた》の門《もん》をぬけると、ライオンのノッカーがついた重《おも》い木《き》の扉《とびら》があって。見上《みあ》げると、童話《どうわ》のさし絵《え》にあるような赤《あか》い屋根《やね》の大《おお》きな洋館《ようかん》が建《た》っていた。

吹《ふ》きぬけのある広《ひろ》い玄関《げんかん》ホールを見《み》て、もしかしたら靴《くつ》のままで上《あ》がっていい家《いえ》なのかな、なんて思《おも》ったりしたくらい、すごいお屋敷《やしき》なの。

でも、外側《そとがわ》は古《ふる》いお屋敷《やしき》に見《み》えたけど、システムキッチンがあったり、トイレにはおしりを洗《あら》える便座《べんざ》があったり、中《なか》はすっかり現代的《げんだいてき》にリフォームされている。

あ、すっかり現代的《げんだいてき》、っていうのはちょっとちがうかも。

一階《かい》の広《ひろ》いリビングルームやダイニングキッチンに置《お》いてある家具《かぐ》は、アンティークっていうのかな、美術館《びじゅつかん》に置《お》いてあってもおかしくないような、美《うつく》しい飾《かざ》りのついた古《ふる》めかしいものばかり。

ちょうど海外《かいがい》に「商品《しょうひん》の買《か》いつけ」に行《い》っていなかった瀬賀《せが》くんのお父《とう》さんが、家具《かぐ》の輸入販売会社《ゆにゅうはんばいがいしゃ》の社長《しゃちょう》さんをしているので、海外《かいがい》から輸入《ゆにゅう》したアンティークの家具《かぐ》を家《いえ》でも使《つか》ってるんだって。

もともと、その会社《かいしゃ》は瀬賀《せが》くんの母方《ははかた》のおじいさん――つまり夏野《なつの》さんのだんなさんが作《つく》った会社《かいしゃ》で、おじいさんが亡《な》くなったとき、会社《かいしゃ》も家《いえ》も受《う》け継《つ》いだのが瀬賀《せが》くんのお父《とう》さんだった。なので、瀬賀《せが》くん一家《いっか》が夏野《なつの》さんと同居《どうきょ》しているわけなんだ。

今日《きょう》も病院《びょういん》から帰《かえ》ると、わたしにとっては、お店《みせ》のディナーセットみたいに見《み》える豪華《ごうか》な晩《ばん》ご飯《はん》がテーブルにならんだ。

おてつだいさんがいるわけでもないのに、花江《はなえ》さん、病院《びょういん》の面会時間前《めんかいじかんまえ》にいろいろ準備《じゅんび》してから出《で》かけるのかな。

今《いま》でもパパの作《つく》る洋食《ようしょく》が世界一《せかいいち》だと思《おも》ってるけど、花江《はなえ》さんの作《つく》る晩《ばん》ご飯《はん》も負《ま》けないぐらいおいしい。

おなかいっぱいになって、ちょっと眠《ねむ》くなりながら階段《かいだん》をのぼりきったとき、いきなり腕《うで》をつかまれて二階《かい》のはしにある部屋《へや》にひっぱりこまれた。

「なにっ……！」

なにすんの、っていおうとしたら、口《くち》を手《て》のひらでふさがれて、心臓《しんぞう》がひっくりかえりそうになる。

パチッと天井《てんじょう》のライトがついて、壁《かべ》ぎわの大《おお》きな鏡《かがみ》に映《うつ》った姿《すがた》を見《み》て、ちょっと安心《あんしん》した。いや、安心《あんしん》したけど、ドキドキはぜんぜんおさまらない。

だって、後《うし》ろからわたしを抱《だ》きかかえるようにして口《くち》をふさいでいるのは、瀬賀《せが》くんだったんだから。

10 瀬賀《せが》くんのかくしていたこと

強盗《ごうとう》じゃなくてよかった、と思《おも》ったのも一瞬《いっしゅん》で、早《はや》く放《はな》してくれないと心臓《しんぞう》がこわれてしまいそう。

「あ、悪《わる》い。」

鏡《かがみ》の中《なか》の、あっというまに真《ま》っ赤《か》になっていくわたしの顔《かお》を見《み》て、やっと手《て》を放《はな》してくれた。

「ごめん。だれもいないところで、ゆっくり話《はな》したかったから。」

そういって瀬賀《せが》くんは、学習机《がくしゅうづくえ》のいすにすわるようすすめてくれた。

素直《すなお》に腰《こし》かけたけど、ほんとは「だれもいないところ」じゃないことは、だまっていた。

いすにすわったわたしの頭《あたま》ごしに、ベッドに腰《こし》かけている瀬賀《せが》くんの顔《かお》が見《み》おろせる位《い》置《ち》──学習机《がくしゅうづくえ》の棚《たな》の上《うえ》に、花音《かのん》さんがすわっている。

また口《くち》に指《ゆび》をあてて「しぃーっ。」のポーズをしてるけど、もちろん瀬賀《せが》くんにいうわけない。いっても信《しん》じてもらえるわけないし、怒《おこ》らせるだけだから。

それに、最近《さいきん》やっと気《き》づいたんだ。

花音《かのん》さんのこと、亡《な》くなった場所《ばしょ》の近《ちか》く──桜ヶ丘《さくらがおか》スケートリンクの近《ちか》くにしかいられない、地縛霊《じばくれい》なのかと思《おも》ったこともあったけど、ちがってたんだ。

花音《かのん》さんは、瀬賀《せが》くんのいる場所《ばしょ》に現《あらわ》れることができるらしいんだよね。

たぶん、幽霊《ゆうれい》になってまでこの世《よ》にとどまっている理由《りゆう》も、瀬賀《せが》くんを見守《みまも》るためじゃないのかなって、わたしは思《おも》ってる。

だからわたし、花音《かのん》さんの邪魔《じゃま》だけはしないようにしようと思《おも》ってるの。

「おい、また変《へん》なとこ見《み》てるけど、だいじょうぶか？」

あぶないあぶない。いったそばから怪《あや》しまれてるじゃん。

ついうなずきかえしてしまいそうになるのを、なんとかしなきゃ。

花音《かのん》さんのことは見《み》ないようにして、知《し》りたかったことを聞《き》くことにした。

「だいじょうぶ、です。……あの、今日《きょう》、エレベーターの中《なか》で聞《き》いたこと、答《こた》えてください。」

どこをいためているのか。いついためたのか。先生《せんせい》は知《し》っているのか。

ほかにももっと知《し》りたいことはあるけど、とりあえずそこから聞《き》かなきゃ。

うつむいて考《かんが》えこんでるみたいなので、もう一度《いちど》聞《き》きなおしたほうがいいかな、と思《おも》ったとき、瀬賀《せが》くんは口《くち》を開《ひら》いた。

「最初《さいしょ》にいためたのは、十月中旬《がつちゅうじゅん》ぐらいかな。」

「えっ、それじゃ……。」

まさか、わたしが塁《るい》くんとぶつかって、転《ころ》んで氷面《ひょうめん》をすべっていった塁《るい》くんが瀬賀《せが》くんにぶつかった、あのときなの？

言葉《ことば》が出《で》なくなってしまったわたしに、首《くび》を横《よこ》に振《ふ》ってほほえんでくれた。

「おまえのせいじゃねえって。前《まえ》にもいったけど、あのくらいでフッとんだ塁《るい》が悪《わる》いんだし、おれが気《き》をぬいてたせいでもあるんだから。それに、あのときは軽《かる》くいためただけだったし。」

四回転《かいてん》ジャンプの着氷《ちゃくひょう》に成功《せいこう》した直後《ちょくご》、無防備《むぼうび》になっていたところに、後《うし》ろから塁《るい》くんがぶつかってきて、足《あし》をすくわれた瀬賀《せが》くんは手《て》すりに激突《げきとつ》した。

背中《せなか》から腰《こし》にかけての右側《みぎがわ》を強《つよ》く打《う》って、しばらく立《た》ち上《あ》がれなかった、と瀬賀《せが》くんはいった。

「でも、そのときはそれほどいたいわけでもなくて、病院《びょういん》でも打撲《だぼく》だっていって湿布《しっぷ》もらったぐらいだったんだ。本格的《ほんかくてき》にいためたのは、三日前《みっかまえ》。四回転《かいてん》とんでるうちに軸《じく》がななめにブレて、フェンスに近《ちか》づきすぎてたせいで激突《げきとつ》して。同《おな》じところをぶつけちまって、今度《こんど》はさすがに『あ、こりゃヤバい。』って思《おも》った。」

お医者《いしゃ》さんがいうには、急《きゅう》にいたみが増《ま》したのは打撲《だぼく》のせいだけど、それとは別《べつ》に「筋《きん》・筋膜性腰痛症《きんまくせいようつうしょう》」の症状《しょうじょう》もあって。しばらく激《はげ》しい運動《うんどう》はしないで、リハビリ（腰《こし》に電気《でんき》をあてたり、腰椎《ようつい》をのばすように腰《こし》を機械《きかい》でひっぱったり）するために整形外科《せいけいげか》に毎日通《まいにちかよ》うよう、いわれたそうだ。

なのにそのあと、寺島先生《てらしませんせい》にもほんとうのことをいわずに毎日練習《まいにちれんしゅう》し続《つづ》けて、さすがにいたみがひどくなって、今日《きょう》やっとリハビリに行《い》ったんだって。

「ちょうどばあちゃんが入院《にゅういん》してるから、病院《びょういん》行《い》っても怪《あや》しまれなくて、ちょうどよかったよ。あとは春野《はるの》さえだまっててくれれば、だれにもバレずにすむ。」

だいたいの事情《じじょう》、というかできごとの流《なが》れはわかったけれど。

どうしてケガしてることを、だれにもバレたくないのかが、ぜんぜんわからない。

お医者《いしゃ》さんにいわれたんだったら、素直《すなお》に休《やす》むべきじゃないの？

腰《こし》がいたくていつもどおりに動《うご》けないのに、無理《むり》して練習《れんしゅう》しても逆効果《ぎゃくこうか》なんじゃないのかな。

ちゃんと先生《せんせい》たちに話《はな》して、練習計画《れんしゅうけいかく》も試合《しあい》のプログラム構成《こうせい》も、無理《むり》のないものにしてもらうほうが、いいんじゃないかな？

そう思《おも》ったとき、ある光景《こうけい》を思《おも》いだした。

たしか、おととしくらいだったと思《おも》う。

パパといっしょにグランプリシリーズのテレビ放送《ほうそう》を見《み》てたとき、日本人選手《にほんじんせんしゅ》のキスクラ*にすわっていたコーチの人《ひと》が、大学《だいがく》の先輩《せんぱい》なんだっていう話《はなし》になったことがあった。

*キスクラ＝キス＆《アンド》クライの略《りゃく》。演技後《えんぎご》に選手《せんしゅ》とコーチが採点《さいてん》を待《ま》つ場所《ばしょ》

その人《ひと》は、ものごころついたくらいからスケート靴《ぐつ》をはいてたエリートスケーターで、ノービス時代《じだい》から将来《しょうらい》を期待《きたい》されていた。

大学《だいがく》に入学《にゅうがく》するころには、数年後《すうねんご》のオリンピックで確実《かくじつ》にメダルをねらえる「日本《にっぽん》のエース」だってみんなにいわれていたそうだ。

それが、ある試合《しあい》の前《まえ》に足首《あしくび》をねんざしたのに、いたみをこらえて無理《むり》に出場《しゅつじょう》して、表彰台《ひょうしょうだい》には乗《の》ったもののケガを悪化《あっか》させてしまった。その後《ご》の試合《しあい》でも、ケガした足首《あしくび》をかばったせいで今度《こんど》は腰《こし》をいためて——と次《つぎ》から次《つぎ》へとケガが続《つづ》いた。

結局《けっきょく》、それ以降《いこう》百パーセント力《ちから》を出《だ》しきった演技《えんぎ》は一度《ど》もできずに、オリンピック代表《だいひょう》にもなれないまま、大学卒業《だいがくそつぎょう》と同時《どうじ》にその人《ひと》は引退《いんたい》してしまった。

キスクラで教《おし》え子《ご》と手《て》をとりあって喜《よろこ》ぶ姿《すがた》を見《み》て、「よかったなぁ。」といいながらも、パパは少《すこ》しさびしそうにいってた。

「フィギュアスケート選手《せんしゅ》の引退《いんたい》する年齢《ねんれい》は、ほかのスポーツにくらべて早《はや》いもんだけど、それでもやっぱり、ケガのせいじゃなく、やりたいことをやりきってから引退《いんたい》してほしかったよなぁ。」

そして、テレビ画面《がめん》じゃなくて、わたしの目《め》をじっと見《み》つめながらパパはこういった。

「自分《じぶん》の体《からだ》をこわすのと引《ひ》きかえにしてまで、勝《か》つ値打《ねう》ちのある試合《しあい》なんて、ないんだ。子《こ》どものうちは、特《とく》にそうだ。その試合《しあい》に出《で》られなくても次《つぎ》の試合《しあい》があるし、今年《ことし》出《で》られなくても来年《らいねん》がある。もしケガをしたら、ちゃんと休《やす》んでなおしてからでなきゃ、試合《しあい》に出《で》ちゃいけないんだよ。」


なぜだかフッとそのときのことを思《おも》いだして、わたし、どうしてもいわずにいられなくなった。

「どうして……ケガしてるのが、バレちゃいけないんですか？　いたいのに無理《むり》してジャンプして、よけいにケガしたら、どうするんですか？　お医者《いしゃ》さんにいわれたのなら、ちゃんとリハビリに通《かよ》って、なおるまで練習《れんしゅう》、休《やす》むべきです。」

しゃべりはじめたら止《と》まらなくなって、勢《いきお》いでいってしまったけど。

いってるとちゅうから、こわくて泣《な》きそうになってた。

だって、幼《おさな》なじみでたぶんお互《たが》い好《す》き同士《どうし》なはずの真白《ましろ》ちゃんでも、瀬賀《せが》くんに意見《いけん》をいったら、めちゃくちゃどなられてた。

どう考《かんが》えても瀬賀《せが》くんのほうがわがままだったのに、ぜんぜん考《かんが》えを変《か》えようとしなかった。

真白《ましろ》ちゃんでもそうだったのに、わたしなんかの意見《いけん》、聞《き》いてもらえるわけがない。

どなられるだけならまだマシだ。

最悪《さいあく》の場合《ばあい》、これから口《くち》もきいてもらえなくなるかもしれない。

そんなの悲《かな》しいけど、覚悟《かくご》はしておこう、と思《おも》っていたら、思《おも》いがけずやさしい口調《くちょう》で話《はな》しかけられた。

「心配《しんぱい》してくれるのはうれしいけど、やっぱり、だれにもいうわけにいかねえんだ。いや、だれにもってわけじゃなくて、親《おや》にはぜったいいえない。」

「なんで……ですか？」

半泣《はんな》きになりながらたずねると、瀬賀《せが》くんは静《しず》かに話《はな》しはじめた。

「昔《むかし》、おれには、ねえちゃんがいたんだ。」

その言葉《ことば》に、花音《かのん》さんのほうを振《ふ》りかえりそうになって、あやうく思《おも》いとどまった。

「ねえちゃんもスケート習《なら》ってて……っていうか、ねえちゃんが習《なら》ってたから、おれも始《はじ》めたんだけどさ。七年前《ねんまえ》のブロック大会《たいかい》の日《ひ》、朝《あさ》からちょっと膝《ひざ》の調子《ちょうし》が悪《わる》いっつって、ねえちゃんだけしばらく家《いえ》で休《やす》んでて。棄権《きけん》すんのかな、って思《おも》ってたんだけど、ノービスA《エー》女子《じょし》に間《ま》に合《あ》うように家《いえ》を出《で》るって、おれといっしょにいた母《かあ》さんの携帯《けいたい》に電話《でんわ》してきたんだけど。それが……そのときの、が、最後《さいご》に聞《き》いた、ねえちゃんの声《こえ》になった……。」

何度《なんど》か声《こえ》をつまらせながらしゃべる瀬賀《せが》くんの目《め》が、赤《あか》くうるんでいる。

しばらく上《うえ》を向《む》いてまばたきしてから、話《はなし》を続《つづ》けた。

「リンクに来《く》るとちゅうで、ねえちゃん、交通事故《こうつうじこ》にあったんだ。目撃《もくげき》した人《ひと》が、ねえちゃんの動《うご》きがおかしかったなんて、いうからさ。きっと、ふつうならよけられたのに、ケガしてたせいで事故《じこ》にあったんだって、母《かあ》さんたちはそう思《おも》ってる。そのうえ、病院《びょういん》に駆《か》けつけるときにあわてて転《ころ》んだせいで、ばあちゃんは腰《こし》いためて車《くるま》いす生活《せいかつ》になっちまって。それ以来《いらい》、おれがちょっとケガしただけでも、母《かあ》さんがすっげー過保護《かほご》に休《やす》ませようとするんだ。」

花音《かのん》さんが事故《じこ》にあったくわしい事情《じじょう》を聞《き》いて、胸《むね》の奥《おく》がぎゅうっと苦《くる》しくなっていた。

ケガさえしていなければ……、ケガしてたんだからそのまま家《いえ》で休《やす》んでいれば……、きっと家族《かぞく》みんなにいろんな気持《きも》ちが渦巻《うずま》いて、どう考《かんが》えても後悔《こうかい》ばかりしてしまうんだろうな。

わたしみたいなうじうじした泣《な》き虫《むし》で、失敗《しっぱい》ばかりしていても、生《い》きてさえいればやりなおしができる。でも、死《し》んでしまったら、もう二度《にど》とやりなおせない。

ほんとに、なんでそんなことになってしまったんだろう。

瀬賀《せが》くんもお母《かあ》さんも夏野《なつの》さんも、そんなつらい思《おも》いをしていたなんて。

想像《そうぞう》しただけで、悲《かな》しくなってしまう。

「お母《かあ》さんたちが、過保護《かほご》になる気持《きも》ち、わかります。そんなことがあったら、だれだって同《おな》じまちがいをしないように、注意深《ちゅういぶか》くなると思《おも》います。……寺島先生《てらしませんせい》もいってたみたいに、全日本《ぜんにほん》ジュニアは今年《ことし》だけじゃないんだから、休《やす》めっていわれたら休《やす》んだって、いいんじゃないですか？」

そういうと、瀬賀《せが》くんは眉《まゆ》をひそめた真剣《しんけん》な顔《かお》でいった。

「ブロック大会《たいかい》も、東日本大会《ひがしにほんたいかい》も、全日本《ぜんにほん》ジュニアも、将来《しょうらい》はグランプリシリーズも……ありとあらゆる試合《しあい》で優勝《ゆうしょう》しよう、金《きん》メダルとろうって、ねえちゃんと約束《やくそく》した……。だからおれは、一歩《ぽ》も立《た》ち止《ど》まっていられないんだ。それで、最終的《さいしゅうてき》にはオリンピックの金《きん》メダルをとるんだって思《おも》ってるし、その姿《すがた》をばあちゃんにも見《み》てほしい。……たぶん、ばあちゃんにはもうあんまり時間《じかん》が残《のこ》されていないんだ。」

ふうっと大《おお》きく息《いき》を吐《は》いて、瀬賀《せが》くんは話《はな》し終《お》えた。

瀬賀《せが》くんが、がんばりすぎるくらいがんばるのは、花音《かのん》さんや夏野《なつの》さんのためだってことはわかった。

でも、わかったけど、どうしても「それでいい。」とは思《おも》えないの。

どうか、今《いま》のケガだけでもちゃんとなおしてほしいって、どうしたら聞《き》き入《い》れてもらえるんだろう。

そのとき突然《とつぜん》、花音《かのん》さんの声《こえ》が聞《き》こえた。

『冬樹《ふゆき》。あんな約束《やくそく》もわたしのことも、早《はや》く忘《わす》れちゃってよ。』

思《おも》わず頭上《ずじょう》を見上《みあ》げると、さっきまですわっていた棚《たな》のところにはいなくて、天井近《てんじょうちか》くの空中《くうちゅう》に浮《う》かんでいる。

『あんまりあぶなっかしくて放《ほう》っておけないから、ずっと冬樹《ふゆき》のそばから離《はな》れることができなくなっちゃったんだけど。なんにもできないのって、すごくつらいんだよね。守護霊《しゅごれい》なんて形《かたち》だけ。守《まも》ることも、声《こえ》をかけることもできなくて、ただ見《み》てるだけ……。』

そういって瀬賀《せが》くんを見《み》おろしながら、花音《かのん》さんはポロポロ涙《なみだ》をこぼしていた。

わたしが振《ふ》りかえったので、瀬賀《せが》くんも天井《てんじょう》のほうを見《み》ていて、花音《かのん》さんが視界《しかい》に入《はい》ってるはずなのに、やっぱりぜんぜん反応《はんのう》していない。

きっと今《いま》までだって、花音《かのん》さんは瀬賀《せが》くんのやることにハラハラして、そうじゃないよって話《はな》しかけたかったりしたんだろうに。

ずっと気《き》づいてもらえなくて、きっといつもこんなふうに泣《な》いてたのかもしれない。

そう思《おも》ったら、また勝手《かって》に口《くち》から言葉《ことば》がこぼれだした。

「ケガしても休《やす》まないで、ギリギリまで無理《むり》して、約束《やくそく》をかなえたとしても、花音《かのん》さんが喜《よろこ》んでくれるとは、わたしには思《おも》えません。もっと自分《じぶん》のこと、大切《たいせつ》にしてください。そのほうが、花音《かのん》さんも夏野《なつの》さんも、きっと喜《よろこ》ぶはずです。」

わたしも花音《かのん》さんにつられて泣《な》きそうだったけど、ぐっとこらえて、まっすぐに瀬賀《せが》くんの目《め》を見《み》つめた。

おどろいたように目《め》を見開《みひら》いてから、瀬賀《せが》くんはやさしく目《め》を細《ほそ》めた。

「春野《はるの》の、いうとおりかもな。ねえちゃんやばあちゃんのためってことにしてきたけど、実《じっ》はそうじゃないのかもしれない。なんかさ、いっつもてっぺんめざして、ギリギリまでやり続《つづ》けてないと、逆《ぎゃく》にこわくなっちまうんだ。だれかに止《と》められるぐらいなら、おれが勝手《かって》につき進《すす》んでボロボロになるほうが、しあわせだとさえ思《おも》う。結局全部《けっきょくぜんぶ》、おれのわがままなんだよな。」

そういってほほえんだ瀬賀《せが》くんは、ハッと息《いき》をのむくらいきれいで、見《み》つめていたらもう涙《なみだ》をこらえきれなくなった。

瀬賀《せが》くん、いろんなこと話《はな》してくれたけど、たぶん自分《じぶん》のやり方《かた》を変《か》えることはないと思《おも》う。

それはもうわかっているけど、もう一度《いちど》聞《き》いてみた。

「寺島先生《てらしませんせい》だけにでも、ケガのこと報告《ほうこく》して、しばらく練習休《れんしゅうやす》むわけにいかないんですか？　全日本《ぜんにほん》ジュニアまではまだ十日《とおか》ぐらいあるし、なんとかなるかもしれないでしょう？」

瀬賀《せが》くんは、やさしい表情《ひょうじょう》のままだけど、きっぱり首《くび》を横《よこ》に振《ふ》った。

「ごめん。おれからは、いわないし、休《やす》まない。」

ああ、やっぱりそうだよね。

わたしには、瀬賀《せが》くんの気持《きも》ちは動《うご》かせない。

花音《かのん》さんといっしょで、ただ見守《みまも》るしかできない。

そう思《おも》っていたとき、瀬賀《せが》くんがひとことつけ加《くわ》えた。

「ただ、春野《はるの》がもし事情《じじょう》をだれかにばらしたとしても、しかたがないと思《おも》って、あきらめられそうな気《き》はしてる。」

え？　えーと、それって、どういうことなの？

わたしから先生《せんせい》にいっても、いいってことなの？

そのひとことのせいで、その夜《よる》はぜんぜん眠《ねむ》れなくなってしまった。

11 ママたちの友情《ゆうじょう》

全日本《ぜんにほん》ジュニアは十一月《がつ》二十二日《にち》から始《はじ》まる。

初日《しょにち》は抽選会《ちゅうせんかい》だけだから、試合《しあい》が始《はじ》まるのは二十三日《にち》からということ。

今日《きょう》から数《かぞ》えてちょうど十日後《とおかご》になる。

ケガしてるのにほとんど病院《びょういん》にも行《い》かずにいる瀬賀《せが》くんが、そのまま十日間練習《とおかかんれんしゅう》し続《つづ》けるのと、十日間《とおかかん》ちゃんと治療《ちりょう》して練習《れんしゅう》はお休《やす》みするのと――どっちが体《からだ》にいいかなんて、考《かんが》えなくてもわかる。

本人《ほんにん》にいう気《き》がないんだから、わたしが先生《せんせい》にいうしかない。それはしかたないって瀬《せ》賀《が》くんがいったんだから。

早朝練習《そうちょうれんしゅう》が始《はじ》まってから、そのことばかり考《かんが》えてしまって、集中《しゅうちゅう》できなくなってしまった。

そのせいか、ジャンプがぜんぜん決《き》まらない。

今《いま》までも、とべたりとべなかったりしてたトリプルルッツはもちろん、得意《とくい》なはずのトリプルループまで転倒《てんとう》してしまった。

しりもちついていると、近《ちか》くを美桜《みお》ちゃんがステップしながらすべっていった。

ステップからすぐにとびあがって、フワリと着氷《ちゃくひょう》していたのは、お手本《てほん》にしたくなるような美《うつく》しいトリプルループ。

ループはわたしのほうがうまくとべてたはずなのに、今《いま》では完全《かんぜん》に負《ま》けてしまっている。

ただでさえ、ママが病気《びょうき》で手術《しゅじゅつ》することになって、練習時間《れんしゅうじかん》が少《すく》なくなっていた。

そのうえ練習中《れんしゅうちゅう》もうわの空《そら》じゃ、またジャンプがとべなくなってしまうかもしれない。

もっと気合《きあい》入《い》れて練習《れんしゅう》しなきゃ。

そう思《おも》いながらジャンプの助走《じょそう》に入《はい》っていたとき、視線《しせん》のはしで瀬賀《せが》くんが転倒《てんとう》するのが見《み》えて、思《おも》わずスピードをゆるめた。

「冬樹《ふゆき》！　もうとばないでいい！」

大《おお》きな声《こえ》ではないけど、叱《しか》りつけるような口調《くちょう》に、背《せ》すじがふるえた。

そろそろと立《た》ち上《あ》がった瀬賀《せが》くんの二《に》の腕《うで》あたりをつかんで、寺島先生《てらしませんせい》が半分《はんぶん》むりやりにリンクから連《つ》れだそうとしていた。

「なんだよ。まだ練習始《れんしゅうはじ》めたばかりなのに。」

「だまって来《き》なさい！」

先生《せんせい》にピシッといわれて、あの瀬賀《せが》くんもついにおとなしくついていってる。

ほかのみんなもそれに気《き》づいて、リンクがザワザワしはじめた。

スピンをやめてしまった真子《まこ》ちゃんに、木谷先生《きたにせんせい》が「気《き》にしないで続《つづ》けなさい。」と声《こえ》をかけた。

しばらく瀬賀《せが》くんを横目《よこめ》で見《み》ていた塁《るい》くんも、自分《じぶん》のジャンプ練習《れんしゅう》にもどった。

リンク内《ない》がもとの空気《くうき》にもどっていく中《なか》、そっとフェンスぎわを通《とお》って、瀬賀《せが》くんたちのあとを追《お》った。

リンクサイドから事務所《じむしょ》のほうに続《つづ》く通路《つうろ》を曲《ま》がったところで、瀬賀《せが》くんと寺島先生《てらしませんせい》が話《はな》していた。

「冬樹《ふゆき》、いためてるのは右足《みぎあし》か、腰《こし》の右側《みぎがわ》か？　そっち側《がわ》にろくに体重《たいじゅう》かけられなくなってるの、きのうから気《き》になってたんだ。かなりいたそうなのに、意地《いじ》でもいわないつもりだったんだよね？」

壁《かべ》ぎわに追《お》いつめるようにして、寺島先生《てらしませんせい》が問《と》いつめる。

瀬賀《せが》くんは眉間《みけん》にシワをよせたしぶい顔《かお》で、目《め》をそらしていた。

「あんな中途半端《ちゅうとはんぱ》なジャンプとんで、なにがしたいの？　あれじゃ、上達《じょうたつ》なんてするわけない。変《へん》な転《ころ》び方《かた》したら、ケガがひどくなるだけだ！　自分《じぶん》の健康状態《けんこうじょうたい》は正直《しょうじき》にいってくれなきゃ、ちゃんとした指導《しどう》なんてできるわけないよ。」

寺島先生《てらしませんせい》は、ただ怒《おこ》ってるだけじゃなかった。

すごく悲《かな》しそうに見《み》えたし、目《め》も鼻《はな》も赤《あか》くなってて泣《な》きそうにも見《み》える。

一瞬《いっしゅん》、瀬賀《せが》くんの胸《むな》ぐらをつかみそうに見《み》えた右手《みぎて》を、自分《じぶん》の胸《むね》の前《まえ》でぎゅっとにぎりしめた。

「ケガしてるのを、かくそうとしたのって、これがはじめてじゃないよね？　そんなに信《しん》頼《らい》してもらえないんじゃ、もう教《おし》えられないし、いっしょに試合《しあい》に挑《いど》むなんて無理《むり》だよ。今《いま》すぐ代《か》わりのコーチをさがしなさい。」

どならないで静《しず》かな口調《くちょう》でいってるけど、静《しず》かなほうがよけいにこわかった。先生《せんせい》がおどしでいってるんじゃないってことが、ひしひしと伝《つた》わってくる。

早《はや》く寺島先生《てらしませんせい》にあやまってよ、瀬賀《せが》くん。

ケガをかくしてたことをあやまって、「きのうは病院《びょういん》でみてもらってたんです。」ってちゃんといえば、先生《せんせい》だってゆるしてくれるはず。

でも、瀬賀《せが》くんはぜんぜんしゃべろうとしない。下《した》を向《む》いたまま、先生《せんせい》と目《め》を合《あ》わせようともしない。

はぁっ、と寺島先生《てらしませんせい》のついたタメ息《いき》の音《おと》が聞《き》こえたとき、つい足《あし》が一歩前《ぽまえ》に出《で》てしまっていた。

「せつ、瀬賀《せが》くんは、あの……ケガのこと、先生《せんせい》に、いおうとしてました。きのう、ちゃんと病院《びょういん》で、みてもらってたし……。」

寺島先生《てらしませんせい》だけでなく、瀬賀《せが》くんまでが、あっけにとられたような顔《かお》で、こっちを見《み》た。

「どうしたの、かすみちゃん。」

パッと見《み》たところ、瀬賀《せが》くんをなぐろうとしてるようにも見《み》えていた右手《みぎて》を、先生《せんせい》があわてて脇《わき》に下《さ》げた。

「春野《はるの》、なんで来《き》てんだよ。」

瀬賀《せが》くんも、ちょっと迷惑《めいわく》そうに眉《まゆ》をひそめている。

「なんでって……瀬賀《せが》くん、いってたでしょ。わたしが事情《じじょう》をばらしてもいいって。」

「そ、そんないい方《かた》、してねえし！　ばらしたとしても、おまえだったらしかたないと思《おも》って、あきらめられるかもしれねえ、っていっただけだしぃ！」

ほっぺたをふくらませてスネたようないい方《かた》する瀬賀《せが》くんは、またいちだんと子《こ》どもっぽくなってた。

わたしたちのやりとりを見《み》て、寺島先生《てらしませんせい》が急《きゅう》にフッと笑《え》みをこぼした。

「まあ、いう気《き》があってもなくても、ケガだってことはバレたんだから、とにかく朝練《あされん》は休《やす》みなさい。学校《がっこう》が終《お》わったら、きのうみてもらった病院《びょういん》に、わたしもついていくから。

そこで診断《しんだん》してもらった結果《けっか》を見《み》て決《き》めるわ。全日本《ぜんにほん》ジュニアのことも、その先《さき》のことも全部《ぜんぶ》。」

全日本《ぜんにほん》ジュニアと……その先《さき》っていうのは、全日本選手権《ぜんにほんせんしゅけん》（シニアの大会《たいかい》）と世界《せかい》ジュニアのことなのかな。

どうなるのかはわからないけど。とりあえず、寺島先生《てらしませんせい》がまだ瀬賀《せが》くんのコーチでいてくれそうなことにホッとした。

瀬賀《せが》くんの診察《しんさつ》は気《き》になるけど、わたしがついていくわけにいかないので、放課後《ほうかご》少しリンクですべってから、今日《きょう》もママの病室《びょうしつ》に向《む》かった。

外科病棟《げかびょうとう》の廊下《ろうか》を歩《ある》いていると、ママの部屋《へや》に近《ちか》づくにつれて、だれかのどなり声《ごえ》が聞《き》こえてきた。

「携帯《けいたい》の通話《つうわ》もメールもつながらないし、家《いえ》の電話《でんわ》もずっと留守電《るすでん》だし。気《き》になってコトブキ荘《そう》の大家《おおや》さんに連絡《れんらく》してみたら、盲腸《もうちょう》で一週間入院《しゅうかんにゅういん》してるって……いったいどういうことよ！」

あ、この声《こえ》は……と急《いそ》いで病室《びょうしつ》に駆《か》けこんでみたら、やっぱり祐子《ゆうこ》さんだ。

祐子《ゆうこ》さんがママのベッドのそばに立《た》っていたんだけど、今《いま》まで見《み》たこともないくらい怒《おこ》ってる。

一方《いっぽう》、上半身《じょうはんしん》をおこしてベッドにすわっているママのほうは、すずしい顔《かお》で答《こた》えた。

「どういうことって、盲腸《もうちょう》で入院《にゅういん》してたから、連絡《れんらく》できなかったっていうことよ。」

「そういうことじゃなくってぇ！」

祐子《ゆうこ》さんは「ああもうっ！」とさけびながら、頭《あたま》をかかえた。

「こんなたいへんなことがおこってるのに、なんで連絡《れんらく》してこないのよ！　東京《とうきょう》に親戚《しんせき》も知《し》り合《あ》いもいないから、藍子《あいこ》が入院《にゅういん》してるあいだ、かすみちゃんがひとりぼっちになっちゃうのに、なんでわたしにたよってくれなかったの？」

一気《いっき》に早口《はやくち》でまくしたてた祐子《ゆうこ》さんは、ハアハアと肩《かた》で息《いき》をしている。

「祐子《ゆうこ》さん、落《お》ち着《つ》いて。わたしは、だいじょうぶだから。」

声《こえ》をかけると、振《ふ》りむいた祐子《ゆうこ》さんにいきなり抱《だ》きしめられた。

「かすみちゃん！　心細《こころぼそ》かったでしょ。ごめんね。ひとりでたいへんだったよねぇ。」

思《おも》いっきり抱《だ》きしめられて、ちょっと苦《くる》しい。

だけど、祐子《ゆうこ》さんの涙声《なみだごえ》が聞《き》こえて、ほんとうに心配《しんぱい》してくれていることがわかって、わたしまで泣《な》きそうになった。

「たいへんはたいへんだったけど、かすみをひとりにしたわけじゃないのよ。スケートクラブのお友《とも》だちのおばあさまが、偶然《ぐうぜん》この病院《びょういん》に入院《にゅういん》していて、そこのお宅《たく》でかすみを預《あず》かってくださったの。だから、遠《とお》くで仕事《しごと》してる祐子《ゆうこ》には知《し》らせなかった。……知《し》らせたら、きっとまた迷惑《めいわく》かけちゃうし、心配《しんぱい》かけたくなかったから。」

冷静《れいせい》に話《はな》すママの声《こえ》に、祐子《ゆうこ》さんはわたしを放《はな》してママのほうに向《む》き直《なお》った。

「藍子《あいこ》って、かしこいくせにバカだよね。」

「えっ、なにそれ、どういうこと？」

眉《まゆ》をひそめているママを、祐子《ゆうこ》さんも軽《かる》くにらみつけている。

「藍子《あいこ》には、わたしが、友《とも》だちが病気《びょうき》のときに、たよられて迷惑《めいわく》だと思《おも》うような人間《にんげん》に見《み》えてたの？　心配《しんぱい》かけられるのが迷惑《めいわく》だと思《おも》うような人間《にんげん》だと思《おも》ってたの？　だとしたら、すっごく傷《きず》ついた。藍子《あいこ》のこと心配《しんぱい》して九州《きゅうしゅう》から駆《か》けつけて、仕事《しごと》に穴《あな》を空《あ》けるより、十倍《ばい》も百倍《ばい》もダメージ受《う》けてるよ。わたしはね、藍子《あいこ》にたよってもらいたかったの。藍子《あいこ》のそばにいて、心配《しんぱい》したかったの！」

いつも明《あか》るい祐子《ゆうこ》さんが、大粒《おおつぶ》の涙《なみだ》を流《なが》している。

わたしもつられて泣《な》きながら、ママのほうを見《み》て、心《こころ》の底《そこ》からおどろいた。

いつもわりと無表情《むひょうじょう》で口調《くちょう》もきつくて、あんまり動揺《どうよう》したりもしないママが、口《くち》をへの字《じ》にゆがめて泣《な》いていた。

「ごめ……ごめんなさい、祐子《ゆうこ》。わたし、素直《すなお》じゃ、なかった。手術《しゅじゅつ》の前《まえ》も、手術《しゅじゅつ》のあとも、ほんとは、心細《こころぼそ》くって、祐子《ゆうこ》に、そばにいてほしかった、けど、がまんして、強《つよ》がってたの……。」

ポロポロ涙《なみだ》をこぼしているママは、いつもみたいな「ママ」じゃなくて「女の子《おんなのこ》」みたいに見《み》えた。

「もう、いいから。あんまり泣《な》いたら、手術《しゅじゅつ》の傷《きず》がいたむよ。」

祐子《ゆうこ》さんはそういいながら、ティッシュでママの涙《なみだ》をふいてあげている。

ふいに、近《ちか》くでパチパチと拍手《はくしゅ》の音《おと》がした。

今《いま》まで閉《し》まっていた窓際《まどぎわ》のベッドのカーテンが開《ひら》いて、おばさんが顔《かお》を出《だ》した。

「仲直《なかなお》りできて、よかったですねぇ。」

ママより一日早《にちはや》く盲腸《もうちょう》の手術《しゅじゅつ》をしたっていうそのおばさんとは、入院《にゅういん》の日《ひ》にあいさつはしたけど、それ以外《いがい》で話《はな》すのははじめてだった。

「す、すいませーん！　すっかりおさわがせしてしまって。」

祐子《ゆうこ》さんがそっちのベッドに駆《か》けよって、何度《なんど》も頭《あたま》を下《さ》げてあやまった。

わたしもあわててそばに行《い》って、いっしょに頭《あたま》を下《さ》げる。

病室《びょうしつ》にほかにも人《ひと》がいることをうっかり忘《わす》れて、思《おも》いっきり大声《おおごえ》でいい争《あらそ》ってたから、ほんと迷惑《めいわく》だったよね。

おわびのしるしにって、祐子《ゆうこ》さんは、持《も》ってきてた九州《きゅうしゅう》みやげのお菓子《かし》をいくつもおばさんのベッドにつみあげている。

それって、よけいに迷惑《めいわく》なんじゃないかな。

涙《なみだ》をそっとぬぐいながら、ママも笑《わら》ってそれを見《み》ていて。

ほんとに、ママが元気《げんき》になってよかったなぁって思《おも》った。

12 抽選会《ちゅうせんかい》のできごと

九州《きゅうしゅう》から帰《かえ》ってきた祐子《ゆうこ》さんが、しばらく泊《と》まってくれることになったので、三日《みっか》ぶりにコトブキ荘《そう》の我《わ》が家《や》に帰《かえ》ることになった。

病院《びょういん》からの帰《かえ》り、祐子《ゆうこ》さんと瀬賀《せが》くんの家《いえ》によって花江《はなえ》さんにあいさつしてから、わたしだけ荷物《にもつ》を取《と》りに花音《かのん》さんの部屋《へや》に入《い》れてもらった。

荷物《にもつ》といっても、ちょっとした着替《きが》えと今日《きょう》の時間割《じかんわ》りになかった科目《かもく》の教科書《きょうかしょ》ぐらいだから、ほんのちょっとしたものだ。

荷物《にもつ》をつめこんだ大《おお》きな紙袋《かみぶくろ》を手《て》に、花音《かのん》さんの部屋《へや》の真《ま》ん中《なか》に立《た》って、ぐるりと見回《みまわ》した。

花音《かのん》さん、今《いま》どこにいるんだろう？

瀬賀《せが》くんは寺島先生《てらしませんせい》とケガの診察《しんさつ》を受《う》けにいったはずだけど、まだ家《いえ》には帰《かえ》ってないみたい。瀬賀《せが》くんが近《ちか》くにいないと、花音《かのん》さんに会《あ》えないのがちょっと不便《ふべん》だよね。

まぁ、リンクでも会《あ》えるんだけど、この家《いえ》にいるうちに、もっと花音《かのん》さんにいろいろ聞《き》いておけばよかったな。

だって、まだよくわからないことがいっぱいあるもの。

たとえば、なんでいつもジゼルの姿《すがた》で現《あらわ》れるのか、とか。

瀬賀《せが》くんがあぶなっかしくて放《ほう》っておけないから、ずっとそばから離《はな》れられないんだっていってたから、まだしばらくは花音《かのん》さんにも会《あ》えるよね。

だって、瀬賀《せが》くんがあぶなっかしくなくなるなんて、当分《とうぶん》ありえない気《き》がするから。


ママが退院《たいいん》してくるのは十一月《がつ》十八日《にち》。

その四日後《よっかご》には全日本《ぜんにほん》ジュニアが始《はじ》まる。

場所《ばしょ》は横浜《よこはま》だから日帰《ひがえ》りできなくもないんだけど、競技《きょうぎ》終了《しゅうりょう》時間《じかん》が遅《おそ》いので、会場近《かいじょうちか》くのホテルに泊《と》まる予定《よてい》になっていた。

もちろん、予定《よてい》ではママもいっしょに行《い》くことになってたんだけど、おなかを切《き》っちゃうような手術《しゅじゅつ》のあと十日《とおか》ぐらいしかたってないのに、旅行《りょこう》なんてしてもだいじょうぶなのかな。

それに、寒《さむ》いリンクの中《なか》、ずっと硬《かた》い座席《ざせき》にすわって見《み》てなきゃいけないのも、体《からだ》に悪《わる》そうだし。

今回《こんかい》ママにはお留守番《るすばん》してもらって、祐子《ゆうこ》さんに付《つ》きそってもらおうかな。それか、ホテルはキャンセルしてもらって、ひとりで電車《でんしゃ》で通《かよ》うことにしてもいいかも。

退院前日《たいいんぜんじつ》の放課後《ほうかご》、お見舞《みま》いにいったときママに聞《き》いてみたら、フンッ、と鼻《はな》で笑《わら》われた。

「なにいってんの、予定《よてい》どおりわたしがついていくに決《き》まってるでしょ。」

「え、でも、退院《たいいん》してからたった四日《よっか》で出《で》かけるなんて、キツくない？」

「ママのこと、どんだけひ弱《よわ》だと思《おも》ってんの。あした退院《たいいん》したら、明後日《あさって》にはふつうに会社《かいしゃ》に行《い》くつもりだから。週末《しゅうまつ》に横浜行《よこはまい》くぐらい、どうってことないわよ。」

「えぇ〜、もう仕事《しごと》に行《い》くの！」

「あたりまえでしょ。いつまでも休《やす》んでたら、会社《かいしゃ》クビになっちゃうわよ。」

ママは、おどけたように肩《かた》をすくめて笑《わら》った。

すごいなぁ、ママ。

ちょうど一週間前《しゅうかんまえ》、家《いえ》に帰《かえ》ったらキッチンに倒《たお》れてて、しゃべることもできないくらい苦《くる》しそうだったのに。

救急車《きゅうきゅうしゃ》が来《き》てくれるまでの十数分間《じゅうすうふんかん》、ほんとにママが死《し》んじゃうんじゃないかと思《おも》って、こわくてたまらなかったんだ。

あのとき、すぐ手術《しゅじゅつ》しなきゃいけないくらい重病《じゅうびょう》だったのに、一週間《しゅうかん》でこんなに元気《げんき》になっちゃうなんて。

うれしくって、ちょっと泣《な》きそうになる。

「むしろ、心配《しんぱい》なのは、かすみのほうだけどね。」

急《きゅう》に矛先《ほこさき》を向《む》けられて、「えっ?」ってママの顔《かお》をのぞきこむ。

「入院《にゅういん》してからの一週間《しゅうかん》、毎日病院《まいにちびょういん》に来《き》てくれて、練習不足《れんしゅうぶそく》になってるんじゃないの? あしたからは、ママのことはなにも心配《しんぱい》しないで、思《おも》いっきり練習《れんしゅう》してきなさいね。」

ママのやさしい言葉《ことば》に、胸《むね》の奥《おく》のほうが、ふんわりとあたたかくなる。

二十二日《にち》は開会式《かいかいしき》と滑走順抽選《かっそうじゅんちゅうせん》の日《ひ》だから、ちゃんと練習《れんしゅう》できる日《ひ》はあと四日《よっか》だけ。

この一週間《しゅうかん》やっぱり練習不足《れんしゅうぶそく》だったぶん、四日《よっか》でとりもどせるかどうかわからないけど、なんの心配《しんぱい》もなく思《おも》いっきり練習《れんしゅう》できるって思《おも》ったら、きっとだいじょうぶな気《き》がしてきた。

まあ、自分《じぶん》のことは実《じつ》はそんなに心配《しんぱい》してないんだ。

全日本《ぜんにほん》ジュニアには出《で》られただけでもすごいことで、もとから上位《じょうい》に行《い》けるとは思《おも》ってなかったから。

それより、心配《しんぱい》なのは瀬賀《せが》くんのこと。

寺島先生《てらしませんせい》に病院《びょういん》に連《つ》れていかれて再検査《さいけんさ》したら、九日《ここのか》にみてもらったときより悪《わる》くなっていたらしいの。

先生《せんせい》も瀬賀《せが》くんのご両親《りょうしん》も大会《たいかい》を棄権《きけん》するようにすすめたんだけど、瀬賀《せが》くん、それだけはどうしてもイヤだって聞《き》き入《い》れなかったみたい。

それで、「大会前日《たいかいぜんじつ》までの一週間《しゅうかん》は、ぜったいにジャンプをとばないこと。」「そのあいだの練習《れんしゅう》は、氷《こおり》の感触《かんしょく》を忘《わす》れないためのスケーティング練習《れんしゅう》一時間《じかん》だけ。」という条件《じょうけん》つきで、なんとか出場《しゅつじょう》だけは認《みと》めてもらった。

……といういきさつは、瀬賀《せが》くんが一時間《じかん》だけすべっているあいだに、リンクサイドに来《き》ていた花音《かのん》さんから聞《き》いた話《はなし》だ。

安静《あんせい》にすることが大事《だいじ》なのはわかるけど、それって結局《けっきょく》、ショートプログラムの日《ひ》にぶっつけ本番《ほんばん》でやるってことだよね。

その日《ひ》の午前中《ごぜんちゅう》に、曲《きょく》をかけてすべる公式練習《こうしきれんしゅう》もあるけど、一週間《しゅうかん》のブランクがあっていきなり試合《しあい》でうまくすべれるのかなぁ。

自分《じぶん》だったら振《ふ》り付《つ》けもジャンプをとぶタイミングも、全部忘《ぜんぶわす》れてしまいそうでぜったい無理《むり》だよ。

それでも、瀬賀《せが》くんはぜんぜんあきらめていないみたいだった。

ほんとに基本中《きほんちゅう》の基本《きほん》のスケーティングやターンを、しっかりと真剣《しんけん》に練習《れんしゅう》している。

激《はげ》しく動《うご》くことができないぶん、エッジの傾《かたむ》きが少《すこ》しちがうだけでも一蹴《ひとけ》りのスピードがかなりちがうこととか、そういう細《こま》かいスケーティング技術《ぎじゅつ》を毎日研究《まいにちけんきゅう》している努力《どりょく》がすごいと思《おも》った。

大会前《たいかいまえ》にいろんなアクシデントはあったけれど、桜ヶ丘《さくらがおか》スケートクラブから全日本《ぜんにほん》ジュニアに挑《いど》むメンバーは、だれひとり欠《か》けることなく、滑走順抽選会《かっそうじゅんちゅうせんかい》までやってきた。

男子《だんし》は瀬賀《せが》くんと秋人《あきと》くん。女子《じょし》は真白《ましろ》ちゃんと美桜《みお》ちゃんとわたし。

男女《だんじょ》ともに優勝候補《ゆうしょうこうほ》のいる、最強《さいきょう》チームだっていわれてるらしい（たぶん、わたしは数《かず》に入《はい》ってないと思《おも》うけど）。

大会《たいかい》に参加《さんか》する人数《にんずう》は全日本《ぜんにほん》ノービスのほうが多《おお》かったけど（ノービスはA《エー》とB《ビー》あるから）、みんな年上《としうえ》の人《ひと》ばかりだから、抽選会場《ちゅうせんかいじょう》がせまく感《かん》じられる。

男子《だんし》の大学生《だいがくせい》の人《ひと》なんか、スーツ姿《すがた》だし大人《おとな》にしか見《み》えない。付《つ》きそいの若《わか》いコーチの先生《せんせい》とあんまり変《か》わらなくて、見分《みわ》けがつかないよ。

始《はじ》まる前《まえ》のざわめきにも、ノービスのときにはない、男《おとこ》の人《ひと》の低《ひく》い声《こえ》が目立《めだ》つ。

低《ひく》くはないけど、ひときわ目立《めだ》つ声《こえ》が、男子席《だんしせき》のほうから聞《き》こえてきた。

「おう秋人《あきと》、元気《げんき》やったか？　なんか最近《さいきん》メールの返事《へんじ》なかなかけぇへんから、具合《ぐあい》でも悪《わる》いんかと思《おも》てたんやぞ。」

ものすごいコテコテの大阪弁《おおさかべん》で、秋人《あきと》くんに話《はな》しかけてる人《ひと》がいるみたい。

ちょっと背《せ》のびして見《み》てみると、まだ席《せき》にすわらずに立《た》ち話《ばなし》している子《こ》たちの中《なか》に秋人《あきと》くんがいて、そのとなりには、少《すこ》し髪《かみ》が茶色《ちゃいろ》っぽくてものすごくきれいな顔立《かおだ》ちの男《おとこ》の子《こ》がいた。

信《しん》じられないけど、さっきの大阪弁《おおさかべん》ってこの人《ひと》なの？

瀬賀《せが》くんとはちがうタイプだけど、この人《ひと》も「王子様《おうじさま》」タイプだなぁと思《おも》った。

そう思《おも》って見《み》とれていたら、その人《ひと》のとなりにいつのまにか瀬賀《せが》くんが顔《かお》を出《だ》していた。

「メールに返事《へんじ》しねえのは、おまえなんかと会話《かいわ》したってバカがうつるだけだって気《き》づいたんじゃねえのか？」

「なんやとぉ！」

「ちょっと冬樹《ふゆき》、なにいってんの。やめてよ、こんなとこでケンカ売《う》るのは。」

秋人《あきと》くんが止《と》めようとしているけど、大阪弁《おおさかべん》の人《ひと》の「なんやとぉ！」で、会場《かいじょう》じゅうの視線《しせん》が一気《いっき》にそこに集《あつ》まってしまった。

となりにすわっていた真白《ましろ》ちゃんが、「あーもう、またやってるわ。」と頭《あたま》をかかえた。

「なんか、瀬賀《せが》くん、いつもよりひどくない？」

真白《ましろ》ちゃんの向《む》こうにいる美桜《みお》ちゃんも、あきれたようにいった。

「あのふたり……近畿《きんき》ブロックの結城《ゆうき》葵《あおい》くんと冬樹《ふゆき》やけど、顔《かお》を合《あ》わせるたびに、ケンカばっかりしてるねん。もう中三《ちゅう》やのに、あれはアカンわ。」

はぁ～、と真白《ましろ》ちゃんがタメ息《いき》ついたとき、止《と》めに入《はい》ってくれる人《ひと》が現《あらわ》れた。

「いいかげんにしろよ、おまえら。去年《きょねん》まではまだチビだと思《おも》って見逃《みのが》してたが、もうおまえらも年下組《とししたぐみ》じゃないんだからな。優勝《ゆうしょう》を争《あらそ》うような立場《たちば》になっても、まだ幼稚《ようち》なケンカがやめられないようなやつらには、ジュニアチャンピオンになる資格《しかく》はないぞ。」

あ、この人《ひと》さっき「大人《おとな》にしか見《み》えない。」と思《おも》った人《ひと》だ。

真白《ましろ》ちゃんが小声《こごえ》で、「関東《かんとう》ブロックの林《はやし》くん。たしか最年長《さいねんちょう》の大学《だいがく》一年《ねん》やったかな。」

と教《おし》えてくれた。

最年長《さいねんちょう》の人《ひと》に叱《しか》られたらふたりともおとなしくなるかな、と思《おも》ったのは、あまかったみたい。

瀬賀《せが》くんは、思《おも》いっきり林《はやし》さんのことをにらんでいた。

「チャンピオンの資格《しかく》ってなんスか？　相撲《すもう》の横綱《よこづな》じゃあるまいし、品格《ひんかく》とかそういうの、評価《ひょうか》されるわけじゃないんだし。強《つよ》いやつがいちばん上《うえ》に行《い》く、ただそれだけのことでしょう？」

うわぁ、一気《いっき》に会場《かいじょう》の空気《くうき》が凍《こお》りついちゃったよ。

「冬樹《ふゆき》！」

秋人《あきと》くんが瀬賀《せが》くんの上着《うわぎ》のすそをひっぱってるけど、瀬賀《せが》くんはにらむのをやめようとしない。

にらみあってた視線《しせん》を先《さき》にはずしたのは、林《はやし》さんのほうだった。

「あいかわらずトンガってんなぁ、おまえ。ま、人《ひと》のいうことに従順《じゅうじゅん》な瀬賀《せが》とか、かえって気持《きも》ち悪《わる》いけどな。強《つよ》いやつがいちばん上《うえ》に行《い》く……それはそのとおりだけど、その『強《つよ》さ』ってのは、ただ単《たん》にスケート技術《ぎじゅつ》だけの問題《もんだい》じゃないと思《おも》うんだ。だからこの大《たい》会《かい》だって、ぜったいにおまえがいちばん上《うえ》に行《い》くとは限《かぎ》らないぜ。」

ふたりのまわりにいた男子《だんし》たちから、どよめきがおこった。

これって、瀬賀《せが》くんと林《はやし》さんふたりとも「自分《じぶん》が勝《か》つんだ。」って宣言《せんげん》したようなもんだよね。

なんか、すごいことになってきたなぁ。

ドキドキして見《み》てたら、真白《ましろ》ちゃんがまた大《おお》きなタメ息《いき》をついた。

「はぁ〜、なにやってんの冬樹《ふゆき》は。ろくに練習《れんしゅう》もできてへんのに、あんなこというて、もう〜。」

もう〜、とほっぺたをふくらませている真白《ましろ》ちゃんは、ものすごくかわいかった。

いや、事態《じたい》はそれどころじゃないんだけどね。

たしかに、この一週間《しゅうかん》ほとんど練習《れんしゅう》できてないのに、あんなこといっちゃうなんて。瀬《せ》賀《が》くんは自分《じぶん》が失敗《しっぱい》したときのことなんか、考《かんが》えないのかな。

「ほんとに、あんな子《こ》どもっぽい言動《げんどう》、同《おな》じ桜ケ丘《さくらがおか》スケートクラブの選手《せんしゅ》としてはずかしいわよ。真白《ましろ》ちゃん！　いつもみたいに『ガツン』といってやってよ。」

無責任《むせきにん》にいう美桜《みお》ちゃんに、真白《ましろ》ちゃんは首《くび》をブンブン横《よこ》に振《ふ》った。

「イヤやよ〜。こんなとこで、目立《めだ》ちたくないもん。」

「そんな無責任《むせきにん》な。彼氏《かれし》でしょう？」

わりと大《おお》きな声《こえ》でそんなこという美桜《みお》ちゃんも、けっこう無責任《むせきにん》なんじゃないかな、と
わたしは思《おも》うんだけど。

さいわい、まわりの人《ひと》はあっちに注目《ちゅうもく》してて、今《いま》の会話《かいわ》は聞《き》いてなかったみたい。

いわれた真白《ましろ》ちゃんは、さっきよりも勢《いきお》いよく首《くび》を振《ふ》った。

「ちゃうちゃう！　彼氏《かれし》とか、そういうんじゃないし。付《つ》き合《あ》ってないし！」

その言葉《ことば》に、美桜《みお》ちゃんと声《こえ》をそろえて「ええっ！」とさけんでしまった。

しぃーっとくちびるに人《ひと》さし指《ゆび》をあてながら、真白《ましろ》ちゃんは声《こえ》をひそめた。

「だってわたし、ほかに好《す》きな人《ひと》、おるもん。たぶん、実《みの》る見《み》こみはほとんどない片思《かたおも》い
やけどね。」

そういってほほえんだ真白《ましろ》ちゃんのほっぺが、ほんのり桜色《さくらいろ》にそまっていく。

きれいだなぁ、と改《あらた》めて思《おも》いながら、ちょっとホッとしている一方《いっぽう》で、なぜだか切《せつ》ない
ような気分《きぶん》になった。

13 真白《ましろ》ちゃんの好《す》きな人《ひと》

さっきの瀬賀《せが》くんと林《はやし》さんのやりとりでのどよめきがおさまらないまま、滑走順抽選会《かっそうじゅんちゅうせんかい》がスタートした。

男子《だんし》が順《じゅん》にクジを引《ひ》いていたとき、また大《おお》きなどよめきがおこった。

「あ、一番滑走《ばんかっそう》、冬樹《ふゆき》になったんやね。」

真白《ましろ》ちゃんは平気《へいき》な顔《かお》でいってるけど、男子《だんし》たちはみんなイヤそうな顔《かお》をしている。

今《こん》シーズンの今《いま》までの試合《しあい》（ジュニアグランプリ大会《たいかい》やブロック大会《たいかい》、東日本大会《ひがしにほんたいかい》）の得点《とくてん》を考《かんが》えると、瀬賀《せが》くんだけがシニアなみの点数《てんすう》を出《だ》していて、ほかの選手《せんしゅ》とはかなりの差《さ》がある。

ふつう、三十人《にん》もの選手《せんしゅ》が次々《つぎつぎ》にすべると、どんどん順位《じゅんい》が入《い》れかわって、一位《い》も入《い》れかわっていくはずだけど、最初《さいしょ》にすべった人《ひと》がぜったい超《こ》えられないような点《てん》を出《だ》してしまったら、やる気《き》が出《で》なくなってしまいそうなのはたしかかも。

直後《ちょくご》に西日本大会《にしにほんたいかい》で優勝《ゆうしょう》した人《ひと》も二番滑走《ばんかっそう》を引《ひ》いたので、男子《だんし》のほうはずっとざわざわしたままだ。

女子《じょし》の抽選《ちゅうせん》が始《はじ》まってすぐ、見《み》おぼえのあるみつあみメガネの子《こ》が前《まえ》に進《すす》み出《で》ていった。

「あ、優羽《ゆう》ちゃん。」

小声《こごえ》でいうと、左《ひだり》どなりにいた美桜《みお》ちゃんに話《はな》しかけられた。

「あの子《こ》だれ？　見《み》たことないから、ちっちゃいけど、よそのブロックのジュニアの子《こ》だよね？　有名《ゆうめい》なの？」

「え？　ノービスA《エー》で優勝《ゆうしょう》した七海優羽《ななみゆう》ちゃんだよ。」

「ええぇ!?」

突然《とつぜん》、美桜《みお》ちゃんが大声《おおごえ》をあげたので、まわりの子《こ》たちににらまれてしまった。

あ、そうか。全日本《ぜんにほん》ノービスの抽選会《ちゅうせんかい》ではじめて優羽《ゆう》ちゃんと出会《であ》ったときには、美桜《みお》ちゃんたちは離《はな》れたところにすわってたんだった。

優羽《ゆう》ちゃんのメガネとメガネなしのちがいのすごさには、わたしもビックリしたもんね。

紺《こん》のブレザーに髪《かみ》をみつあみにしてメガネかけた優羽《ゆう》ちゃんは、おとなしい図書委員《としょいいん》さんみたいで、とてもスポーツが得意《とくい》なようには見《み》えないもん。

優羽《ゆう》ちゃんが引《ひ》いた滑走順《かっそうじゅん》は、十八番《ばん》。六人《にん》ずつのグループ分《わ》けだから、第《だい》三グループの最終滑走《さいしゅうかっそう》になる。

クジを引《ひ》き終《お》えて席《せき》にもどってくるとき、わたしたちに気《き》づいたのか、にこっと笑《わら》って手《て》を振《ふ》ってくれた。

わたしたちの滑走順《かっそうじゅん》は、真白《ましろ》ちゃんが二十五番《ばん》、美桜《みお》ちゃんが十三番《ばん》、わたしは十九番《ばん》。

優羽《ゆう》ちゃんと番号《ばんごう》は続《つづ》いてるんだけど、グループは分《わ》かれちゃったな。と思《おも》ってたら、抽選会《ちゅうせんかい》が終《お》わって解散《かいさん》になったとたん、優羽《ゆう》ちゃんが駆《か》けよってきた。

「かすみちゃん、ひさしぶり～！　滑走順《かっそうじゅん》、続《つづ》き番号《ばんごう》だったね！」

「優羽《ゆう》ちゃん、ひさしぶりだね。続《つづ》き番号《ばんごう》でも、グループは別《べつ》になっちゃったけど。」

「でも、三グループと四グループのあいだには整氷時間《せいひょうじかん》がないから、たぶんリンクサイドで会《あ》えるよ。わたし、いい演技《えんぎ》してかすみちゃんにパワーを送《おく》るね。」

「ありがとう、優羽《ゆう》ちゃん。」

やっぱり優羽《ゆう》ちゃんは明《あか》るくてかわいくて、話《はな》してると元気《げんき》がもらえる気《き》がする。

全日本《ぜんにほん》ジュニアには真子《まこ》ちゃんがいないから、ちょっと心細《こころぼそ》かったんだけど、優羽《ゆう》ちゃんがいてくれてほんとによかった。

優羽《ゆう》ちゃんと話《はな》してるうちに、真白《ましろ》ちゃんたちとはぐれてしまったかな、と思《おも》ったら、出入《でい》り口《ぐち》のそばにできた女《おんな》の子《こ》たちの輪《わ》の真《ま》ん中《なか》に真白《ましろ》ちゃんがいた。

わたしが見《み》つけたのと同時《どうじ》に真白《ましろ》ちゃんも気《き》づいたみたいで、笑顔《えがお》で手《て》まねきされた。

「かすみちゃん、……と、七海《ななみ》さんも、ちょっとこっち来《き》て。」

真白《ましろ》ちゃんをかこんでいたのは、同《おな》じ中学生《ちゅうがくせい》くらいの子《こ》が三人《にん》。と、そばでたいくつそうに美桜《みお》ちゃんが立《た》っていた。

「紹介《しょうかい》するね。こっちが、大阪《おおさか》で同《おな》じスケートクラブだった中嶋亜子《なかじまあこ》ちゃん。こっちが、京都《きょうと》の坂巻《さかまき》すみれちゃん。それから、岡山《おかやま》の大谷佳織《おおたにかおり》ちゃん。いつも西日本《にしにほん》の大会《たいかい》で表彰《ひょうしょう》台争《だいあらそ》ってた、仲間《なかま》なんよ。」

真白《ましろ》ちゃんが今度《こんど》はわたしたちを相手《あいて》に紹介《しょうかい》しはじめる前《まえ》に、亜子《あこ》ちゃんが勢《いきお》いよくしゃべりだした。

「こっちの子《こ》がノービスチャンピオンの七海《なな み》優羽《ゆう》ちゃんやろ？　めっちゃ美少女《びしょうじょ》やのにふだんはメガネでかくしてるって、ネットでうわさになってたで。そっちの子《こ》は、モデルやってるんでも有名《ゆうめい》な、涼森《すずもり》美桜《みお》ちゃん。この大会《たいかい》が終《お》わるまでモデル活動《かつどう》休止中《きゅうしちゅう》やてネット情報《じょうほう》にあったわ。それから、ループ＋ループのコンビネーションがとべるって話題《わだい》の春野《はるの》かすみちゃん。みんな、ちいそぅてかいらしぃなぁ。」

え、この人《ひと》もすごくかわいらしいのにこんなコテコテの大阪弁《おおさかべん》なの？

ちいそぅてかいらし……って、どういう意味《いみ》？

「亜子《あこ》ちゃんだって、まだまだ小《ちい》さくてかわいらしいくせに。っていうか、亜子《あこ》ちゃんネットしすぎとちゃう？」

真白《ましろ》ちゃんが吹《ふ》きだしそうになりながらいった。

さっきのは「小《ちい》さくてかわいらしい」って意味《いみ》だったのか。

やっぱり真白《ましろ》ちゃんは小学《しょうがく》三年生《ねんせい》まで東京《とうきょう》にいたから、大阪弁《おおさかべん》のコテコテ度《ど》は低《ひく》かったんだ。

ほかの京都《きょうと》や岡山《おかやま》の人《ひと》たちは、ちょっとアクセントが関西《かんさい》っぽいだけで、そんなに方《ほう》言《げん》って感《かん》じはしなかった。

会場《かいじょう》を出《で》なきゃいけない時間《じかん》になったので、泊《と》まってるホテルにもどりながら話《はな》していると、亜子《あこ》ちゃんはジャンプの天才《てんさい》で、佳織《かおり》ちゃんはスピンが得意《とくい》、すみれちゃんは真白《ましろ》ちゃんと同《おな》じオールラウンダー（ジャンプもスピンもステップも同《おな》じくらい得意《とくい》）な選手《せんしゅ》らしい。

そういえばわたしたちノービス組《ぐみ》も、ジャンプが得意《とくい》なわたしと、スピンの天才《てんさい》の優羽《ゆう》ちゃん、なんでもそつなくできる美桜《みお》ちゃんとで、みんなタイプがちがう。

ジャンプが得意《とくい》な選手《せんしゅ》でも、ループが得意《とくい》だったり、アクセルが人《ひと》よりうまかったり、ルッツが得点源《とくてんげん》だったりと、それぞれ個性《こせい》がある。

その試合《しあい》での調子《ちょうし》やできばえの差《さ》はあるけど、みんなそれぞれちがう個性《こせい》を持《も》っていて、それを思《おも》いっきり出《だ》そうとがんばるから、フィギュアスケートの試合《しあい》はおもしろいんだと思《おも》った。

抽選会《ちゅうせんかい》の翌日《よくじつ》は、ショートプログラムの日《ひ》。

試合《しあい》は男子《だんし》からおこなわれるので、もちろん公式練習《こうしきれんしゅう》も男子《だんし》が先《さき》だ。

ショートは二分《ふん》五十秒《びょう》と、ノービスのフリーよりも短《みじか》いけれど、男女合《だんじょあ》わせて六十人《にん》がすべるので、練習開始《れんしゅうかいし》は朝《あさ》の七時《じ》。

終《お》わる時間《じかん》も夜《よる》の九時半《じはん》だし、ほんとなら日帰《ひがえ》りでだいじょうぶな距離《きょり》でも、会場近《かいじょうちか》くに宿泊《しゅくはく》したほうが安心《あんしん》だ。

瀬賀《せが》くんと秋人《あきと》くんも同《おな》じホテルに泊《と》まってるらしいんだけど、わたしたちが朝食《ちょうしょく》を食《た》べにいくころには、もうレストランには姿《すがた》がなかった。

一番滑走《ばんかっそう》だし、もうとっくに会場《かいじょう》に向《む》かってるよね。

誘《さそ》い合《あ》ったわけじゃないけど、真白《ましろ》ちゃんとお母《かあ》さん、美桜《みお》ちゃんとお母《かあ》さんも、同《おな》じ時間《じかん》にレストランに来《き》ていて、ちょうど空《あ》いていた六人《にん》がけのテーブルでいっしょに食《た》べることになった。

同《おな》い年《どし》の子《こ》たちの中《なか》では「女王様《じょおうさま》」ポジションだけど、お母《かあ》さんや真白《ましろ》ちゃんがいるから、美桜《みお》ちゃんがおとなしい。

おとなしいというより、話《はな》しかけられてもうわの空《そら》みたいな感《かん》じ。

口数《くちかず》が少《すく》ないだけじゃなく、食欲《しょくよく》もないみたい。おいしそうな焼《や》きたてパンにもサラダにも、ぜんぜん手《て》をつけてない。

「美桜《みお》。どうしたの、しっかり食《た》べなきゃ力《ちから》が出《で》ないわよ。ひさしぶりに、上《あ》がり癖《ぐせ》が出《で》たのかしら。」

美桜《みお》ちゃんのお母《かあ》さんが、ぼーっとしている美桜《みお》ちゃんの背中《せなか》を軽《かる》くたたいた。そのまま頭《あたま》もポンポンたたいている。

「この子《こ》、フィギュア習《なら》いはじめたころは、ものすごい上《あ》がり性《しょう》だったの。いくら練習《れんしゅう》で完《かん》ぺきにできてても、試合《しあい》になると上《あ》がってしまってぜんぜんダメでねぇ。なんとかメンタルがきたえられないかと思《おも》って、モデル事務所《じむしょ》にスカウトされたとき、やらせてみたのよね。」

お母《かあ》さんがそういったとたん、美桜《みお》ちゃんの顔《かお》に表情《ひょうじょう》がもどった。

「ちょっとママ、なに勝手《かって》にしゃべってんのよ。あたしのどこが上《あ》がり性《しょう》なのよ。」

「モデルのお仕事始《しごとはじ》めるまで、ずーと上《あ》がり性《しょう》だったじゃないの。ママてっきり、最近《さいきん》お仕事休《しごとやす》んでるせいで、また上《あ》がり性《しょう》が復活《ふっかつ》したのかと思《おも》っちゃったわ。」

「そんなわけないでしょ。ぜんぜん上《あ》がってないから！」

さっきまでのぼんやりぐあいがウソみたいに、美桜《みお》ちゃんはガツガツ朝食《ちょうしょく》を食《た》べはじめた。

ものすごい勢《いきお》いに圧倒《あっとう》されて、思《おも》わず真白《ましろ》ちゃんと顔《かお》を見合《みあ》わせた。

たぶん、さっきの美桜《みお》ちゃんは、ほんとに緊張《きんちょう》しすぎてふつうじゃなくなってる……上《あ》がってる状態《じょうたい》になってたんだ。

でも、美桜《みお》ちゃんも昔《むかし》は上《あ》がり性《しょう》だったって聞《き》いて、なんだか気分《きぶん》が楽《らく》になった気《き》がする。

だれでも、最初《さいしょ》から強《つよ》くなんてない。体《からだ》がふるえるような緊張感《きんちょうかん》に耐《た》えて、恐怖心《きょうふしん》を乗《の》りこえて、強《つよ》くなっていくんだ。

美桜《みお》ちゃんは、緊張《きんちょう》で力《ちから》を出《だ》しきれない試合《しあい》がずっと続《つづ》いても、それでもあきらめないで、上《あ》がらないようになるためにスケートとはちがうところで特訓《とっくん》したわけなんだよね。

ただかわいい服《ふく》が着《き》たいだけでも、華《はな》やかな世界《せかい》にあこがれてたわけでもなく、そんなところまで「スケートのため」だったことがわかって、なんだかうれしいな。

美桜《みお》ちゃんは、わたしのことどう思《おも》ってるかわからないけど、わたしは美桜《みお》ちゃんのこと、これまでよりもっと好《す》きになった。

女子《じょし》の公式練習開始《こうしきれんしゅうかいし》に間《ま》に合《あ》うように会場《かいじょう》に入《はい》ると、男子《だんし》の練習《れんしゅう》が終《お》わったところみたいだった。

更衣室《こういしつ》に向《む》かう通路《つうろ》で、衣装《いしょう》にジャージをはおった最終《さいしゅう》グループの選手《せんしゅ》たちとすれちがう。

あ、きのう、瀬賀《せが》くんとケンカしてた子《こ》もいる。たしか、結城葵《ゆうきあおい》くんだったっけ。

「おーい、葵《あおい》！　ちょっと早《はや》いけど昼《ひる》メシにせえへん？」

ジャージ姿《すがた》の小柄《こがら》な男《おとこ》の子《こ》が通路《つうろ》に入《はい》ってきて、葵《あおい》くんに声《こえ》をかけた。

「まだ十時《じ》やん。ちょっというレベルちゃうわ。」

「けど、朝《あさ》メシ早《はや》かったから、腹《はら》へったやん。」

「まあな。けど、今食《いまく》うたら、出番《でばん》のころにまた腹《はら》へるやん。」

「出る前《でまえ》に、もう一回食《かいく》うたらええやん。」

「んなことして、演技中《えんぎちゅう》に腹下《はらくだ》したらどうすんねん。」

うわぁ、大阪弁《おおさかべん》がポンポンとびかって、なんだか漫才《まんざい》みたい。話《はなし》の内容《ないよう》よりも、やたら「やんやん」いってるのが、おかしくってしかたない。

思《おも》わずクスッと笑《わら》ってしまったら、葵《あおい》くんが急《きゅう》にこっちを振《ふ》りむいた。

一瞬《いっしゅん》、にらまれたのかと思《おも》ったけど、視線《しせん》はわたしを通《とお》りこして後《うし》ろに向《む》かっていた。

「真白《ましろ》ちゃん！　ひさしぶりやなぁ。」

「あ、真白《ましろ》ちゃんや〜。」

葵《あおい》くんともうひとりの子《こ》も、笑顔全開《えがおぜんかい》でこっちに駆《か》けてきた。

思《おも》わずよけると、ふたりはまっすぐ真白《ましろ》ちゃんの真《ま》ん前《まえ》まで行《い》って、急停止《きゅうていし》した。

葵《あおい》くんが、キラキラした瞳《ひとみ》で真白《ましろ》ちゃんを見《み》つめながらいった。

「引《ひ》っ越《こ》して、スケートもやめてしもたんかと思《おも》てたけど、続《つづ》けててくれて、ほんま、よ

かった……。」

なんだか泣《な》きそうに見《み》えるんだけど、真白《ましろ》ちゃんがスケートを続《つづ》けられたことを、そんなに喜《よろこ》んでるなんて、葵《あおい》くんっていい人《ひと》なのかも。

「引《ひ》っ越《こ》してしもたんは残念《ざんねん》やけど、スケートさえ続《つづ》けてれば、こうやってまた会《あ》えるもんな。」

葵《あおい》くんのとなりで、小柄《こがら》な子《こ》も真白《ましろ》ちゃんに話《はな》しかける。

「輪《りん》くん、葵《あおい》くん。急《きゅう》に引《ひ》っ越《こ》してしもてごめんな。でも、またこうやって話《はなし》ができて、ほんま、うれしいわ。スケート続《つづ》けられて、ほんまによかった……。」

真白《ましろ》ちゃんの目《め》にも、涙《なみだ》が浮《う》かんでいた。

「遠《とお》く離《はな》れてしもたけど、お互《たが》いに、てっぺんめざしてがんばろな！」

そういって、葵《あおい》くんが真白《ましろ》ちゃんの手《て》をにぎって、輪《りん》くんってよばれてた人《ひと》も、ふたりの手《て》を上《うえ》からにぎりしめた。

その瞬間《しゅんかん》、真白《ましろ》ちゃんの肩《かた》が一瞬《いっしゅん》ビクッとゆれて、色白《いろじろ》な顔《かお》にふわっと赤《あか》みがさした。

それを見《み》たとき、なんとなくだけど、わかってしまった気《き》がしたの。

きのう、抽選会場《ちゅうせんかいじょう》で真白《ましろ》ちゃんがいってたこと。

『だってわたし、ほかに好《す》きな人《ひと》、おるもん。たぶん、実《みの》る見《み》こみはほとんどない片思《かたおも》いやけどね。』

あれはきっとほんとうのことで、その片思《かたおも》いの相手《あいて》はたぶん、真白《ましろ》ちゃんの手《て》をにぎっている人《ひと》……葵《あおい》くんなんじゃないかな。

そんなことをぼんやり考《かんが》えてるうちに、もう手《て》は放《はな》していた真白《ましろ》ちゃんたちは、通路《つうろ》のはしで雑談《ざつだん》していた。

「ほんまにもう、なんでこんな滑走順《かっそうじゅん》やねん。瀬賀《せが》、公式練習《こうしきれんしゅう》めっちゃ絶好調《ぜっこうちょう》やったし、その次《つぎ》とかむっちゃやりにくいわ。」

輪《りん》くんの言葉《ことば》に、ぼんやりしていた意識《いしき》が急《きゅう》にはっきりした。

この一週間《しゅうかん》ほどまともに練習《れんしゅう》できてなかったのに、瀬賀《せが》くん公式練習《こうしきれんしゅう》では絶好調《ぜっこうちょう》だったんだ。

胸《むね》の奥《おく》にずっとしずんでいた重《おも》りみたいなものが、すうっと消《き》えていく感《かん》じがする。

よかった、もうケガもよくなって、だいじょうぶだったんだね。

「ええやん、続《つづ》けてやったほうが『真剣勝負《しんけんしょうぶ》！』って感《かん》じするし。」

無責任《むせきにん》なことをいう葵《あおい》くんに、輪《りん》くんが軽《かる》くパンチして、真白《ましろ》ちゃんが笑《わら》ってる。

そんなのどかな光景《こうけい》に、邪魔《じゃま》が入《はい》った。

「えっと、そろそろ着替《きが》えにいったほうがいいと思《おも》うんですけど。あたし、ふたりより早《はや》いグループだし、先《さき》に行《い》ってもいいよね？」

腕組《うでぐ》みして口《くち》をとがらせて、明《あき》らかに怒《おこ》ってる美桜《みお》ちゃんを見《み》て、真白《ましろ》ちゃんだけでなく葵《あおい》くんたちまであたふたしている。

「ごめん、美桜《みお》ちゃん。……葵《あおい》くんも輪《りん》くんも、またあとでね。」

「ほな、またな～。」

真白《ましろ》ちゃんに手《て》を振《ふ》りながら出入《でい》り口《ぐち》のほうに駆《か》けていくふたりを目《め》で追《お》っていたとき、リンクの上《うえ》のほうにある観客席《かんきゃくせき》のすみから、こっちを見《み》おろしている瀬賀《せが》くんの姿《すがた》が目《め》に入《はい》った。

あっ、と声《こえ》をあげそうになって、なんとかのみこむ。

かなり遠《とお》くてまめつぶのような姿《すがた》なのに、その目《め》が真白《ましろ》ちゃんの姿《すがた》を追《お》っていることや、表情《ひょうじょう》がとても悲《かな》しそうなことが、なぜだかわかってしまったんだ。

もし、あそこからずっと見《み》てたんだとしたら、わたしが気《き》づいたことに、感《かん》づいてしまったかもしれないと思《おも》うと、胸《むね》がしめつけられるようにいたむ。

そこに来《き》たのも、こっちを見《み》てるのも、ほんの数秒前《すうびょうまえ》からだったらいいのにと、祈《いの》るような気持《きも》ちになった。

どうか、どうか瀬賀《せが》くんが、真白《ましろ》ちゃんの好《す》きな人《ひと》に気《き》づいていませんように。

14 新《あら》たなライバルたち

第四《だい》グループの選手《せんしゅ》たちが、衣装《いしょう》をつけてリンクサイドに集《あつ》まった。

「かすみちゃん！　今日《きょう》はおんなじグループやし、よろしくな！」

きのう、真白《ましろ》ちゃんに紹介《しょうかい》してもらった大阪《おおさか》から来《き》た亜子《あこ》ちゃんが、大《おお》きな声《こえ》で話《はな》しかけてきた。

「よ、よろしく、お願《ねが》いします。」

せっかく気《き》さくに話《はな》しかけてくれてるのに、小《ちい》さな声《こえ》で無愛想《ぶあいそう》に答《こた》えることしかできなくて、心《こころ》の中《なか》でタメ息《いき》をつく。

「かすみちゃん。肩《かた》に力入《ちからはい》ってるみたいだよ。リラックス、リラックス。」

声《こえ》をかけられて振《ふ》りむくと、やっぱりきのう紹介《しょうかい》された岡山《おかやま》の佳織《かおり》ちゃんがいた。

亜子《あこ》ちゃんは中二《ちゅう》、佳織《かおり》ちゃんは中三《ちゅう》。わたしとそんなに年《とし》はちがわないのに、すごくリラックスしてるように見《み》える。

リラックス、リラックス、といいながら肩《かた》を回《まわ》している佳織《かおり》ちゃんのまねをして、わたしも両肩《りょうかた》をぐるぐるぐると回《まわ》してみる。

さっきまでなんだか息苦《いきぐる》しくてうまくしゃべれなかったのが、肩《かた》や首《くび》を回《まわ》したり屈伸《くっしん》したりしてるうちに、いつのまにか息苦《いきぐる》しさが消《き》えていた。

リラックスできたら、急《きゅう》にいろんなものが目《め》に入《はい》ってきた。

亜子《あこ》ちゃんは、片方《かたほう》の肩《かた》に大《おお》きなリボンのついたパステルピンクの衣装《いしょう》。佳織《かおり》ちゃんは、大《おお》きく背中《せなか》が空《あ》いたように見《み》える、黒《くろ》の衣装《いしょう》を着《き》ている。

リボン以外《いがい》にもフリフリがたくさんついている亜子《あこ》ちゃんの衣装《いしょう》と、二重《にじゅう》になっている内側《うちがわ》のスカートとえりの縁《ふち》どりが赤色《あかいろ》な以外《いがい》、黒一色《くろいっしょく》でシンプルな佳織《かおり》ちゃんの衣装《いしょう》は、とても対照的《たいしょうてき》だ。

いったいどんな曲《きょく》を使《つか》うのかな。

カタン、と音《おと》がしてフェンスの扉《とびら》が開《ひら》かれた。

今《いま》から第《だい》四グループの公式練習《こうしきれんしゅう》が始《はじ》まるんだ。

六人《にん》がいっせいにリンクにとびだして、まずはぐるぐると回《まわ》りはじめる。

す、すごい！　リンクを周回《しゅうかい》しているスピードだけでも、ノービスとちがってものすごく速《はや》い。

わたしもジャンプの助走《じょそう》スピードは速《はや》いほうだと思《おも》っていたのに、ほかの五人《にん》には完全《かんぜん》に負《ま》けてしまっている。

特《とく》に、亜子《あこ》ちゃんと、ひときわ背《せ》の高《たか》い人《ひと》のスピードがものすごい。あの人《ひと》、どこかで会《あ》ったことあるような気《き》がするんだけど……。

会場《かいじょう》に着《つ》いたときにもらった今日《きょう》の滑走順表《かっそうじゅんひょう》を見《み》たとき、「葉月彩花《はづきあやか》」っていう名古屋《なごや》の高校生《こうこうせい》がいて、「この名前《なまえ》……もしかして陽菜《はるな》ちゃんのお姉《ねえ》さん？」と思《おも》ったことを思《おも》いだした。

なんとなく顔立《かおだ》ちが似《に》てるような気《き》がするから、やっぱりそうなのかな。

でも、今《いま》は話《はな》しかけてたしかめるわけにもいかないよね。

みんなの動《うご》きのあいだをぬって、なんとかジャンプをとんでみる。ショートの中《なか》でいちばん不安《ふあん》なトリプルフリップをとんでみたら、惜《お》しいところで転《ころ》んでしまった。

おきあがって、いったんフェンスぎわまでもどる。

衣装《いしょう》のえりの内側《うちがわ》にある白《しろ》いビーズのチェーンについた、雪《ゆき》の結晶《けっしょう》とアルファベットのK《ケー》の形《かたち》をした二つのチャーム。そのチャームにそっと手《て》をあてながら、深呼吸《しんこきゅう》する。

今日《きょう》は試合本番《しあいほんばん》なので、花音《かのん》さんにもらった「お守《まも》りペンダント」をつけてきてるから、こうやって緊張《きんちょう》しそうな心《こころ》を落《お》ち着《つ》かせるの。

心《こころ》の中《なか》でつぶやく言葉《ことば》は、パパがいつもわたしにいってくれていたこと。


——だいじょうぶ。きっとできる。自分《じぶん》を信《しん》じて！——


パパの声《こえ》が聞《き》こえたような気《き》がして、ホッとする。

大《おお》きく息《いき》を吐《は》いて、リンク内《ない》に意識《いしき》をもどしたとき、彩花《あやか》さんがものすごい勢《いきお》いですべっていくのが見《み》えた。

ほんとに、顔《かお》や体型《たいけい》だけじゃなく、ジャンプの助走《じょそう》まで陽菜《はるな》ちゃんそっくりだ。あ、逆《ぎゃく》だった、陽菜《はるな》ちゃんのほうが彩花《あやか》さんに似《に》てるんだよね。

スピードに乗《の》って力強《ちからづよ》くすべっていって、前《まえ》に向《む》き直《なお》ってふみきる。そのとびあがる飛《ひ》距離《きょり》にも、風《かぜ》をおこしそうな豪快《ごうかい》な回転《かいてん》にも、やっぱり見《み》おぼえがあった。

公式練習《こうしきれんしゅう》なのに、彩花《あやか》さんがとんだ瞬間《しゅんかん》、拍手《はくしゅ》がわきおこる。

陽菜《はるな》ちゃんよりもいちだんと完成《かんせい》されたトリプルアクセル。姉妹《しまい》そろってトリプルアクセラーだなんて、すごすぎるよ！

あっけにとられて見《み》ていたら、寺島先生《てらしませんせい》が大《おお》きな声《こえ》でいった。

「かすみちゃん、一番滑走《ばんかっそう》だから、そろそろ曲《きょく》がかかるよ！」

「あっ……。」

いけない、わたしこのグループの一番滑走《ばんかっそう》なんだった。

あわてて開始位置《かいしいち》につく。

弦楽器《げんがっき》が奏《かな》でる不気味《ぶきみ》な音色《ねいろ》のトリルがひびくと、開始位置《かいしいち》に片足《かたあし》を残《のこ》すようにして、数回《すうかい》くるくる回《まわ》ってからすべりだす。

小《ちい》さな種火《たねび》がだんだん燃《も》えさかるように、激《はげ》しい旋律《せんりつ》が始《はじ》まるところで、最初《さいしょ》のジャンプ。

トリプルループ＋トリプルトウループのコンビネーションジャンプは、フリーでとぶ予《よ》定《てい》のループ＋ループよりかんたんな組《く》み合《あ》わせに変《か》えている。ショートプログラムでミスすると、ガクンと順位《じゅんい》が落《お》ちてしまって、フリーまで進《すす》めなくなる可能性《かのうせい》が大《おお》きいから。

よしっ、最初《さいしょ》のジャンプはいい感《かん》じでとべた。

次《つぎ》は、つなぎのステップからとぶトリプルフリップ。

エッジの内側《うちがわ》でふみきるように注意《ちゅうい》して、音楽《おんがく》の変《か》わり目《め》のタイミングに合《あ》わせてとびあがる。

あっと、なんとか回転《かいてん》はできたけど、上《あ》げてないといけないほうの足《あし》も、氷《こおり》についてしまった。試合《しあい》だったら「両足着氷《りょうあしちゃくひょう》」で減点《げんてん》されちゃうな。

レイバックスピン、コンビネーションスピン、とスピンが続《つづ》くところは、夜空《よぞら》を照《て》らしてあやしげにゆらめく炎《ほのお》を表現《ひょうげん》している。

おととし、ノービスB《ビー》のフリーでこの曲《きょく》を使《つか》ったときには、「メラメラ燃《も》える炎《ほのお》をかこんでたくさんの人《ひと》が踊《おど》っている」ようなイメージで演《えん》じていた。

でも今回《こんかい》は、「少《すこ》しむずかしいかもしれないけど。」っていいながら、寺島先生《てらしませんせい》がこの曲《きょく》『火祭《ひまつ》りの踊《おど》り』の物語《ものがたり》を話《はな》してくれた。

もともとこの曲《きょく》は『恋《こい》は魔術師《まじゅつし》』というバレエの中《なか》の一曲《きょく》で、亡霊《ぼうれい》を追《お》いはらうために燃《も》えさかる炎《ほのお》の前《まえ》で踊《おど》るときの音楽《おんがく》なんだって。

浮気性《うわきしょう》な夫《おっと》・ホセのことをいちずに愛《あい》していた妻《つま》・カンデラスは、ホセが亡《な》くなったあとも亡霊《ぼうれい》になった夫《おっと》と毎晩踊《まいばんおど》り続《つづ》けていた。

カンデラスにずっと思《おも》いをよせていたカルメロは、彼女《かのじょ》を救《すく》うために、妖術師《ようじゅつし》の力《ちから》を借《か》りて亡霊《ぼうれい》を追《お》いはらうための『火祭《ひまつ》りの踊《おど》り』をおこなう。

お話《はなし》では、踊《おど》りで解決《かいけつ》できるわけじゃなくて、そのあといろいろややこしい展開《てんかい》があるそうなんだけど、そこまでは考《かんが》えなくてもいいって先生《せんせい》にいわれた。

大事《だいじ》なのは、炎《ほのお》を表現《ひょうげん》するのと同時《どうじ》に、カンデラスとしても演《えん》じること。炎《ほのお》の前《まえ》で、炎《ほのお》と一体化《いったいか》するようにして踊《おど》りながら、自分《じぶん》をしばりつけている亡霊《ぼうれい》と戦《たたか》おうとしている——その激《はげ》しさを演技《えんぎ》で表《あらわ》せたら成功《せいこう》なんだって。

ジゼルとぜんぜんちがうから、うまくできるかどうか自信《じしん》がないけど。

でも、ちがうように見《み》えて、どちらも自分《じぶん》の気持《きも》ちを素直《すなお》に認《みと》めて、それをつらぬき通《とお》すところが似《に》ているような気《き》がする。

自分《じぶん》が死《し》んでしまっても好《す》きになった人《ひと》を守《まも》り通《とお》すジゼルも、自分《じぶん》をずっと見守《みまも》ってくれたカルメロの愛《あい》にこたえるため、夫《おっと》の亡霊《ぼうれい》ときっぱり別《わか》れようとするカンデラスも、どちらも強《つよ》い人《ひと》だと思《おも》う。

ふだんのわたしはとても弱虫《よわむし》だけど、音楽《おんがく》に乗《の》ってその世界《せかい》を演《えん》じているときだけは、強《つよ》い人《ひと》にだってなれる。

うん、強《つよ》くならなきゃいけないんだって思《おも》うの。

ダブルアクセルをとんだあとは、クライマックスに向《む》けて盛《も》り上《あ》がっていく音楽《おんがく》に乗《の》ってのストレートラインステップ。

そこから、どんどんテンポを上《あ》げていく最初《さいしょ》のメロディーに合《あ》わせて、火《ひ》の粉《こ》を巻《ま》き上《あ》げて燃《も》えさかる火柱《ひばしら》のように、腕《うで》をのばしながらのクロスフットスピン。

たたきつけるようなラストの和音《わおん》とともに、ビシッとポーズを決《き》めると、客席《きゃくせき》からパチパチと拍手《はくしゅ》の音《おと》がした。

あ、もう客席《きゃくせき》の開場時間《かいじょうじかん》になってたんだ。

客席《きゃくせき》を見上《みあ》げると、公式練習《こうしきれんしゅう》から見《み》たいという熱心《ねっしん》なスケートファンの人《ひと》たちで少《すこ》しずつ埋《う》まりはじめている。

あわてておじぎをすると、すぐに次《つぎ》の人《ひと》の曲《きょく》がリンクに流《なが》れた。

動《うご》きはじめたのは、亜子《あこ》ちゃんだった。

かわいらしいメロディーとハープの音色《ねいろ》がひびく中《なか》、アルペジオの音符《おんぷ》がはじけるのと同時《どうじ》に、ものすごいスピードで亜子《あこ》ちゃんの体《からだ》が宙《ちゅう》に舞《ま》いあがった。

着氷《ちゃくひょう》したとたん、客席《きゃくせき》から「おおぉ〜っ！」というどよめきがあがった。

完《かん》ぺきなできのコンビネーションジャンプは、トリプルルッツ＋トリプルトウループのめちゃくちゃむずかしい組《く》み合《あ》わせだ。

流《なが》れている優雅《ゆうが》で愛《あい》らしい曲《きょく》は、チャイコフスキー作曲《さっきょく》『花《はな》のワルツ』。バレエ『くるみ割《わ》り人形《にんぎょう》』の中《なか》でいちばん有名《ゆうめい》な曲《きょく》で、フィギュアスケートで使《つか》われることも多《おお》い。

中学生《ちゅうがくせい》にしては小柄《こがら》で、わたしたちとほとんど体格《たいかく》は変《か》わらないのに、亜子《あこ》ちゃんのジャンプは高《たか》さがものすごいの。

最初《さいしょ》のコンビネーションだけじゃなく、ダブルアクセルもトリプルフリップも完《かん》ぺきにとべている。

「かすみちゃん！　ぼーっとしてたらかえってあぶないよ！」

あ、またジャンプに見《み》とれてしまっていて、寺島先生《てらしませんせい》に注意《ちゅうい》されてしまった。

さっき失敗《しっぱい》したトリプルフリップと、振《ふ》り付《つ》けにイマイチ自信《じしん》がないステップのところを、もっと練習《れんしゅう》しなきゃ。

そこからは自分《じぶん》の練習《れんしゅう》に集中《しゅうちゅう》しようとしたんだけど、やっぱりほかのみんなの演技《えんぎ》もチラチラと目《め》に入《はい》ってくる。

彩花《あやか》さんの曲《きょく》は、ハチャトゥリアン作曲《さっきょく》『仮面舞踏会《かめんぶとうかい》』。深《ふか》いワインカラーの衣装《いしょう》は、少《すこ》し長《なが》めのスカートと袖口《そでぐち》のフリルがとても上品《じょうひん》だ。

最初《さいしょ》のジャンプは、陽菜《はるな》ちゃんと同《おな》じくトリプルアクセルに挑戦《ちょうせん》。回転《かいてん》はできてたけど、少《すこ》し軸《じく》がゆがんだせいでステップアウトしてしまった。

着氷《ちゃくひょう》が乱《みだ》れたのに、客席《きゃくせき》から拍手《はくしゅ》と歓声《かんせい》がおこった。

やっぱりトリプルアクセルって特別《とくべつ》なんだよね。挑戦《ちょうせん》するのを見《み》てるだけでも、ワクワクしてしまう。

わたしもいつか挑戦《ちょうせん》してみたい。いや、いつかとんでみたいな、トリプルアクセル。

彩花《あやか》さんからひとりおいて、佳織《かおり》ちゃんの番《ばん》がきた。

リンクの真《ま》ん中《なか》でポーズをとると、流《なが》れはじめたのはバイオリンの音《おと》。この曲《きょく》、たぶん『ツィガーヌ』っていう曲《きょく》だ。

低《ひく》めの深《ふか》い音色《ねいろ》で奏《かな》でられる民族音楽風《みんぞくおんがくふう》のメロディー。即興演奏《そっきょうえんそう》みたいでリズムのよくわからない音楽《おんがく》の中《なか》で、佳織《かおり》ちゃんが最初《さいしょ》のコンビネーションジャンプをとんだ。

トリプルトウループ＋トリプルトウループの連続《れんぞく》ジャンプがきれいに決《き》まると、そのままの勢《いきお》いで大《おお》きくとびはねて、フライングシットスピンに入《はい》る。

片足《かたあし》をまっすぐ前《まえ》にのばした基本姿勢《きほんしせい》から、足《あし》を交差《こうさ》させてブロークンレッグスピンに変《か》わっていく。

シットスピンも速《はや》くてきれいだったけど、ラストのビールマンスピンも優羽《ゆう》ちゃんに負《ま》けないぐらい速《はや》くてきれいだった。

亜子《あこ》ちゃんのコンビネーションジャンプも、彩花《あやか》さんのトリプルアクセルも、佳織《かおり》ちゃんの高速《こうそく》スピンも、みんなすごいなぁ。

もちろん、あとふたりの選手《せんしゅ》も全国大会《ぜんこくたいかい》に勝《か》ち上《あ》がってくるだけあって、ほとんどミスなく演技《えんぎ》をまとめている。

さっきからトリプルフリップ失敗《しっぱい》してばかりなの、わたしだけかも。

むしろ、最初《さいしょ》は着氷《ちゃくひょう》で失敗《しっぱい》しただけだったのに、だんだんジャンプのタイミングそのものが合《あ》わなくなってきている。

練習時間《れんしゅうじかん》が終《お》わる前《まえ》に、なんとかいいイメージをつかんで終《お》わりたいんだけど、ぜんぜんダメだ。

ふぅーっと大《おお》きく息《いき》を吐《は》いたとき、寺島先生《てらしませんせい》の声《こえ》がした。

「かすみちゃん、うつむいちゃダメだよ。もっと自信持《じしんも》って。背《せ》すじのばして顔上《かおあ》げて！」

いわれたとおりに顔《かお》を上《あ》げてみて、ハッと思《おも》いだしたことがあった。

全日本《ぜんにほん》ノービスの試合前日《しあいぜんじつ》、名古屋《なごや》のリンクでもジャンプがぜんぜん決《き》まらなかったとき、見《み》にきてくれていた塁《るい》くんにアドバイスされたんだった。

『かすみちゃん、ジャンプのふみきりのとき、体《からだ》が前《まえ》に倒《たお》れすぎてるよ。姿勢《しせい》がちぢこまってて、体《からだ》の軸《じく》がまっすぐ一本《ぽん》じゃなくなってるんだ。』

そういわれてはじめて、自分《じぶん》の体《からだ》がちぢこまっていることに気《き》づいた。

あのときは、ジャンプの軸《じく》がゆがんでしまうから、前《まえ》のめりにならないように、って意《い》識《しき》したらうまくとべるようになったんだ。きっと今回《こんかい》も、顔《かお》を上《あ》げたらいいほうに変《か》わるかも。

自信《じしん》を持《も》って、うつむかないで背《せ》すじをまっすぐにして、助走《じょそう》のスピードを上《あ》げていく。

ここだ！　っていうタイミングでふみきると、勢《いきお》いに乗《の》って高《たか》く舞《ま》いあがった体《からだ》が、ものすごく細《ほそ》い軸《じく》で高速回転《こうそくかいてん》した。

空中《くうちゅう》で三回回《かいまわ》りきって、よゆうでおりてくる。完《かん》ぺきなトリプルフリップだ。

「そう、そのジャンプだよ！　自信《じしん》さえなくさなければ、かすみちゃんはだいじょうぶだから。」

リンクサイドで「うんうん。」と大《おお》きくうなずいている寺島先生《てらしませんせい》に、わたしも笑顔《えがお》でうなずいた。

15 ペンダントをさがして

第四《だい》グループの公式練習《こうしきれんしゅう》が終《お》わり、いったん着替《きか》えるために控《ひか》え室《しつ》に向《む》かう通路《つうろ》を歩《ある》いていると、優羽《ゆう》ちゃんに声《こえ》をかけられた。

優羽《ゆう》ちゃんはひとつ前《まえ》の第《だい》三グループだったから、公式練習《こうしきれんしゅう》はもうすんでいる。

「かすみちゃん、お昼《ひる》ご飯《はん》どうする？　男子《だんし》が始《はじ》まる前《まえ》に食《た》べとかない？」

「うん、できればそうしたいけど、優羽《ゆう》ちゃんは、お母《かあ》さんと食《た》べたりしないの？」

わたしは、朝《あさ》コンビニで買《か》ったおにぎりを持《も》たせてもらってるし、たぶんママは祐子《ゆうこ》さんと食《た》べるだろうから気《き》にしないでいいんだけど、優羽《ゆう》ちゃんのママはどうなのかな。

「コンビニのおにぎり買《か》ってきたから、ママにたよらなくてもだいじょうぶなんだ。」

「わたしもおんなじ。じゃあ、すぐに着替《きか》えてくるからね。」

顔《かお》を見合《みあ》わせてにっこり笑《わら》うと、優羽《ゆう》ちゃんに手《て》を振《ふ》って控《ひか》え室《しつ》へと急《いそ》いだ。

スケート靴《ぐつ》をぬいで、ブレードの水気《みずけ》をタオルでふいてから、衣装《いしょう》をジャージに着替《きか》えはじめたとき、たいへんなことに気《き》づいた。

「ない……ペンダントが、ない！」

首《くび》にかけていたはずのお守《まも》りペンダントが、なくなってる！

え？　うそ、なんで？

練習中《れんしゅうちゅう》に一回《かい》だけチャームをにぎりしめて心《こころ》を落《お》ち着《つ》かせたけど、そのあとは、たしかに衣装《いしょう》の中《なか》にチャームをもどしたはず。

それからは、ぜんぜんさわってもいないのに、どうしてなくなってるの？

思《おも》わずキャリーバッグの中《なか》とかをさがしはじめたけど、練習中《れんしゅうちゅう》にはあったんだから、ここじゃないと思《おも》って頭《あたま》をきりかえる。

衣装《いしょう》の中《なか》にもどしたはずだけど、なにかの拍子《ひょうし》にえりから外《そと》に出《で》ていて、ジャンプの勢《いきお》いでチェーンが切《き》れてとんでったとか……。

考《かんが》えられるだけの可能性《かのうせい》を考《かんが》えながら、急《いそ》いで着替《きか》えて控《ひか》え室《しつ》をとびだした。

リンクの中《なか》で落《お》としたとして、今練習中《いまれんしゅうちゅう》の第《だい》五グループのだれかがひっかかってしまって、事故《じこ》になっちゃったりしたらどうしよう。

だれもひっかからずにすんだとしても、整氷車《せいひょうしゃ》に巻《ま》きこまれたりして、ペンダントも整《せい》氷車《ひょうしゃ》もこわれてしまったらどうしよう。

ああ、やっぱりリンクはダメだよ。どうかどうか、リンクじゃなくてリンクサイドか通《つう》路《ろ》のどこかに落《お》ちていますように！

通路《つうろ》に落《お》としたことも考《かんが》えて、控《ひか》え室《しつ》からリンクサイドまで、床《ゆか》をはしからはしまで見《み》るためにジグザグ歩《ある》いていたら、すれちがう人《ひと》に変《へん》な目《め》で見《み》られた。

「春野《はるの》、なんでそんな変《へん》な歩《ある》き方《かた》してんだ？」

とうとう、「変《へん》な歩《ある》き方《かた》」なんていわれてしまった……と思《おも》って顔《かお》を上《あ》げたら、そこにいたのは瀬賀《せが》くんだった。

ショートプログラムの衣装《いしょう》の上《うえ》にジャパンジャージをはおった戦闘態勢《せんとうたいせい》の瀬賀《せが》くんは、変《へん》な歩《ある》き方《かた》をしたせいでハアハアいってるわたしの顔《かお》を見《み》て、フフッと笑《わら》った。

でも、その笑顔《えがお》はすぐに消《き》えて、ほんの少《すこ》しだけど眉《まゆ》をひそめたように見《み》えた。

「おまえ、なにかをさがしてるんじゃねえか？」

「え、なんでそれを……。」

わたし、まだなにもいってなかったのに、なんでさがしものしてるってわかったの？　瀬賀《せが》くんって、もしかしてエスパー？

……なわけないよね。たぶん、床《ゆか》ばっかり見《み》てる変《へん》な歩《ある》き方《かた》だったから、わかったんだよね。

さがしものがペンダントだってこと、瀬賀《せが》くん以外《いがい》の人《ひと》になら、すんなりいえたと思《おも》うのに。

もとは瀬賀《せが》くんが花音《かのん》さんにあげたっていうあのペンダントを、瀬賀《せが》くんに「さがして。」なんていえないよ。

「あ、いえ、べつになにもさがしてなんか……。」

首《くび》を横《よこ》に振《ふ》ろうとしたとき、瀬賀《せが》くんがにぎっていた右手《みぎて》をこっちにつきだして、手《て》のひらをひろげた。

「えっ⁉」

あまりのおどろきに、言葉《ことば》が出《で》てこない。

瀬賀《せが》くんの手《て》のひらにのっていたのは、わたしがなくしたお守《まも》りペンダントだったんだ。

「これ、おまえのなんだろ。リンクサイドのすみっこに落《お》ちてた。」

「う……え、あの……。」

どうしたらいいのかわからなくて、ペンダントにのばしかけた右手《みぎて》が、空中《くうちゅう》で止《と》まってしまう。

その姿勢《しせい》のまま固《かた》まってしまっていたら、助《たす》けが現《あらわ》れた。

「ぼくと冬樹《ふゆき》といっしょに歩《ある》いてたときに拾《ひろ》ったんだけど。ほら、この前公園《まえこうえん》でベンチの下《した》に落《お》としたのを拾《ひろ》ってたとき、チラッと見《み》たからおぼえてたんだ。それ、かすみちゃんのペンダントだよね。」

瀬賀《せが》くんの肩《かた》ごしに顔《かお》を出《だ》して笑《わら》っているのは、秋人《あきと》くんだ。

あ、そういえば東京《とうきょう》ブロック大会《たいかい》がすんですぐのころ、なかなか練習《れんしゅう》にこない塁《るい》くんが野球《やきゅう》チームの友《とも》だちと話《はな》してるのをベンチの下《した》で聞《き》いていたとき、秋人《あきと》くんが通《とお》りかかったんだった。

ベンチの下《した》にもぐっているところを見《み》られて、なんて言《い》い訳《わけ》したらいいのかこまっていたら、なぜかペンダントがはずれて落《お》ちていて、そのせいではいつくばってたんだってことにできて、助《たす》かったことがたしかにあった。

うん、そのとき秋人《あきと》くんには、自分《じぶん》のペンダントだって、チャームのK《ケー》はかすみのK《ケー》だって、そういうことにしたんだけど……瀬賀《せが》くんの前《まえ》でもそういえる勇気《ゆうき》なんて、わたしにはない。

「あのとき、最初《さいしょ》はちがう人《ひと》のペンダントかと思《おも》ったし、今《いま》こうやって近《ちか》くで見《み》ても、ほんとに『あのペンダント』とそっくりなんだけど……。」

秋人《あきと》くんが話《はな》しはじめた内容《ないよう》に、心臓《しんぞう》が急《きゅう》にドキドキしはじめる。

もしかして、瀬賀《せが》くんだけじゃなくて、秋人《あきと》くんもこれが花音《かのん》さんのペンダントだってこと、知《し》っていたの？

「いや、そんなわけないよなぁ、って思《おも》いなおしたんだ。だって、あのペンダントはもう……。」

「それ以上《いじょう》いうな！」

秋人《あきと》くんが話《はな》しているのを、瀬賀《せが》くんが大声《おおごえ》でさえぎった。

眉《まゆ》をひそめた表情《ひょうじょう》は、怒《おこ》ってるというより、なんだか苦《くる》しそうに見《み》える。

「どんなに似《に》ていても、あのペンダントなわけねえじゃん。だって、ねえちゃんは、おれの目《め》の前《まえ》で、あれを捨《す》てたんだ。お守《まも》りなんていったって、結局《けっきょく》いちばん大事《だいじ》なときに守《まも》れなかった……こんなペンダント、見《み》たくもねえし！」

ほんとうに苦《くる》しそうにぎゅっと目《め》をつぶって、瀬賀《せが》くんはペンダントをわたしに向《む》かって投《な》げつけた。

ペンダントを落《お》とさないように、必死《ひっし》で右手《みぎて》をのばす。シャラン、とビーズのこすれる軽《かろ》やかな音《おと》がして、冷《つめ》たい感触《かんしょく》とともにペンダントが手《て》の中《なか》に落《お》ちてきた。

雪《ゆき》の結晶《けっしょう》とアルファベットのK《ケー》、二つのチャームをにぎりしめると、ひんやり冷《つめ》たいはずなのに手《て》のひらの中《なか》がだんだん熱《あつ》くなってくるような気《き》がした。

手《て》が熱《あつ》くて……胸《むね》が熱《あつ》いようにいたくて……やがて熱《あつ》い涙《なみだ》がポロポロとこぼれ落《お》ちていた。

「花音《かのん》さんは、たしかに一度《ど》はこのペンダントを捨《す》てたっていってた。だけど、亡《な》くなってしまったあとも、もう使《つか》えなくなったペンダント、ずっと持《も》ってて……ずっと、ずっと瀬賀《せが》くんのこと、見守《みまも》ってたんだよ。なのに……そんないい方《かた》って、ないよ！　大事《だいじ》なペンダント、見《み》たくないなんて、いわないでよぅ！」

思《おも》わずさけんでしまってから、ハッとして両手《りょうて》で口《くち》を押《お》さえた。

こんなこと、いうつもりじゃなかったのに。

ずっと近《ちか》くにいても、瀬賀《せが》くんには見《み》えなくて、話《はな》しかけても聞《き》こえなくて、だから花《か》音《のん》さんはだまって見守《みまも》っていたのに。

勝手《かって》に話《はな》してしまう権利《けんり》なんて、わたしにあるわけないのに。

涙《なみだ》でぼやけていた瀬賀《せが》くんの顔《かお》が、ずんずん近《ちか》づいてくる。

強《つよ》い力《ちから》で両肩《りょうかた》をつかまれて、思《おも》いっきりゆさぶられた。

「おい！　今《いま》の、どういうことだ！　おれ、ペンダントのことなんて、話《はな》したことないはずだよな？　なんでおまえが知《し》ってんだよ！　ねえちゃんがずっと見守《みまも》ってるって、それ、どういう意味《いみ》だよ！」

激《はげ》しい口調《くちょう》で問《と》いつめて、燃《も》えるような目《め》でにらみつけているのに。わたしの肩《かた》をつかんでいる瀬賀《せが》くんの手《て》は、冷《つめ》たくてふるえていた。

ぜんぜん泣《な》いてなんかないのに、瀬賀《せが》くんが泣《な》いてるように見《み》えて、胸《むね》が苦《くる》しくなってくる。

わたしの知《し》ってること、ちゃんと全部話《ぜんぶはな》さないといけないって思《おも》うけど。どう話《はな》せばいいのか、ほんとにわかってもらえるのか、考《かんが》えるとこわくてたまらない。

にらみあうみたいになったまま、動《うご》けないでいたら、真白《ましろ》ちゃんの声《こえ》が聞《き》こえた。

「なにやってんの冬樹《ふゆき》！　早《は》よう、手《て》ぇ放《はな》したげて！」

金縛《かなしば》りがとけたようにパッと瀬賀《せが》くんの手《て》が離《はな》れて、わたしもすぐに後《うし》ろにあとずさる。

「こんなとこでなにしてんの？　いったい、なにがあったの？」

瀬賀《せが》くんは真白《ましろ》ちゃんのことをきつくにらみつけてから、わたしたちに背《せ》を向《む》けた。

「ちょっと待《ま》ってよ。ちゃんと話《はな》してくれんと、わからへんやん。なんかたいへんなことがあったんでしょう？」

「なんでおまえに話《はな》さなきゃなんねーんだよ。おれのことなんか、なんとも思《おも》ってねえくせに。おせっかいは、もうたくさんなんだよ！」

かすれそうな声《こえ》でそうさけぶと、瀬賀《せが》くんは通路《つうろ》の奥《おく》のほうに走《はし》っていってしまった。

16 信《しん》じられない失敗《しっぱい》

これから試合《しあい》が始《はじ》まるっていうのに、わたしのせいで瀬賀《せが》くんを傷《きず》つけてしまった。

全日本選手権《ぜんにほんせんしゅけん》に出《で》るためにも、世界《せかい》ジュニアで優勝《ゆうしょう》するためにも、ここで上位《じょうい》にならなきゃいけないのに、試合直前《しあいちょくぜん》に混乱《こんらん》させてしまうなんて。

「どうしよう……。わたし、なんであんなこと、いっちゃったの……。」

涙《なみだ》がこみあげてきて、こらえきれなくなりそう。

「かすみちゃん。ここで泣《な》いたらあかん。もうじき試合始《しあいはじ》まるし、ちょっと外《そと》に出《で》よか。」

真白《ましろ》ちゃんは衣装《いしょう》にジャンパーをはおっただけの格好《かっこう》で、わたしを会場《かいじょう》の外《そと》まで連《つ》れだしてくれた。

会場入《かいじょうい》り口《ぐち》の大《おお》きな階段《かいだん》をおり、外《そと》の歩道《ほどう》を少《すこ》し歩《ある》いて、建物《たてもの》の裏《うら》の人目《ひとめ》につかない場《ば》所《しょ》の石段《いしだん》に腰《こし》をおろす。

やっとひと息《いき》ついたとき、にぎりしめたまま固《かた》まっていた右手《みぎて》を、ゆっくりとひろげた。

「それは……!? なんでかすみちゃんが、そのペンダント持《も》ってるん？」

手《て》の中《なか》にあったお守《まも》りペンダントを見《み》て、真白《ましろ》ちゃんもおどろいている。

やっぱり真白《ましろ》ちゃんも、瀬賀《せが》くんが花音《かのん》さんにプレゼントしたペンダントを、見《み》たことがあったんだ。

「あー、そっか、おんなじのをかすみちゃんもどこかで買《か》ったってことやよね。イニシャル、おんなじK《ケー》やし。」

そっかそっか、と勝手《かって》に納得《なっとく》しようとしている真白《ましろ》ちゃんに、首《くび》を振《ふ》ってみせる。

「ちがうの。このペンダントは、わたしのじゃなくて……花音《かのん》さんに、もらったの。」

「花音《かのん》ちゃんにもらったって、いつの話《はなし》？」

「五か月前《げつまえ》の、チェリー・フェスティバルのときに。」

そう答《こた》えると、真白《ましろ》ちゃんの顔色《かおいろ》がみるみる青《あお》ざめて、信《しん》じられないっていう表情《ひょうじょう》になった。

「そんなわけ……だって、花音《かのん》ちゃんは七年前《ねんまえ》に、交通事故《こうつうじこ》で亡《な》くなってるんよ。この世《よ》にいない人《ひと》から、もらうなんてこと……。」

そこまで口《くち》にしたとき、真白《ましろ》ちゃんがハッと目《め》をみはった。

「もしかして、リンクサイドに出《で》る『青《あお》い女《おんな》の子《こ》』って、花音《かのん》ちゃんが幽霊《ゆうれい》になってた、ってこと……？」

真実《しんじつ》をいい当《あ》てられてとまどっていたとき、わたしと真白《ましろ》ちゃんがすわっている目《め》の前《まえ》に、花音《かのん》さんが姿《すがた》を現《あらわ》した。

おどろいて息《いき》をのんだわたしに、花音《かのん》さんはいった。

『真白《ましろ》ちゃんになら、話《はな》していいよ。』

その声《こえ》も、間近《まぢか》でほほえんでいる顔《かお》も、やっぱり真白《ましろ》ちゃんには見《み》えてないみたい。

花音《かのん》さんに向《む》けてゆっくりとうなずいてから、真白《ましろ》ちゃんにすべてを打《う》ち明《あ》けた。

すべて、といっても時間《じかん》がないので、かいつまんだ話《はなし》になっちゃったけど。

花音《かのん》さんが、亡《な》くなってからもずっと瀬賀《せが》くんを見守《みまも》っていたこと。

たまにうっすら姿《すがた》が見《み》える人《ひと》はいたようだけど、瀬賀《せが》くんや家族《かぞく》の人《ひと》たちにはぜんぜん見《み》えなくて、花音《かのん》さんは悲《かな》しい思《おも》いをしていたこと。

なぜだか、わたしだけは姿《すがた》も見《み》えるし話《はなし》もできて、花音《かのん》さんのペンダントを受《う》け取《と》ることもできた。だから「身《み》につけるとすごくリラックスできて実力《じつりょく》が出《だ》せる『魔法《まほう》のお守《まも》り』ペンダント」を使《つか》わせてもらえることになったんだ、ってこと。

今《いま》までのあらましを話《はな》したけど、ちょっと、いやかなり不安《ふあん》だった。

知《し》ってる人《ひと》が幽霊《ゆうれい》になっていて、その幽霊《ゆうれい》の持《も》ち物《もの》を使《つか》わせてもらっているだなんて、ふつうなら信《しん》じられないはずだから。

でも、真白《ましろ》ちゃんは信《しん》じてくれた。

「信《しん》じるに決《き》まってるやん。このペンダントは、やっぱりどう見《み》ても花音《かのん》ちゃんのやし。なによりも、わたしが信《しん》じたいから信《しん》じるねん。ずっと花音《かのん》ちゃんがそばにおってくれたってわかったら、冬樹《ふゆき》もきっとうれしいに決《き》まってる。」

真白《ましろ》ちゃんは、笑顔《えがお》で何度《なんど》もうなずいてくれた。

「もう男子《だんし》のショート始《はじ》まってまうから、今《いま》はいわれへんけど。かすみちゃんの出番《でばん》がすんだら、できるだけ早《はや》く冬樹《ふゆき》に話《はな》してあげてな。」

そういわれて、やっとなんとか気分《きぶん》が落《お》ち着《つ》いてきた。

瀬賀《せが》くんのショートが無事《ぶじ》に終《お》わったら、もう自分《じぶん》の出番《でばん》なんかどうでもいいから、とにかく早《はや》く話《はな》したい。

そう思《おも》っていたんだけど——。

真白《ましろ》ちゃんとあわてて会場《かいじょう》にもどると、もう男子《だんし》の六分間練習《ぷんかんれんしゅう》が始《はじ》まっていた。

「あー、かすみちゃん、どこ行《い》ってたのよ。おにぎり食《た》べそこねたじゃん。」

客席《きゃくせき》の入《い》り口前《ぐちまえ》で、試合用《しあいよう》のまとめ髪《がみ》にメガネという、めずらしいファッションの優羽《ゆう》ちゃんによびとめられた。

「ごめんね優羽《ゆう》ちゃん。ちょっとかすみちゃんと話《はな》したいことがあって、引《ひ》きとめてたんよ。」

真白《ましろ》ちゃんに続《つづ》いて、わたしも顔《かお》の前《まえ》で手《て》を合《あ》わせながらあやまった。

「ごめんなさい！　男子《だんし》の応援《おうえん》したいから、お昼《ひる》ご飯《はん》は、あとでいいかな。」

さっきまでほっぺたをふくらませていた優羽《ゆう》ちゃんは、すぐニッコリ笑《わら》ってわたしの手《て》をひっぱった。

「もちろん、応援《おうえん》のほうが大事《だいじ》だもんね。早《はや》く見《み》にいこ。」

あわてて客席《きゃくせき》に向《む》かったけど、もうほぼ満員《まんいん》になっててすわれそうにないので、いちばん上《うえ》のスペースで立《た》ち見《み》することにした。

六分間練習《ぷんかんれんしゅう》のリンクでは、六人《にん》の選手《せんしゅ》たちが猛《もう》スピードですべり回《まわ》っていた。

ノービスでも女子《じょし》でも、リンクで練習《れんしゅう》する人数《にんずう》（六人《にん》）は変《か》わらないけど、ジュニアの男子《だんし》だとすべる速《はや》さがぜんぜんちがうので、リンクがせまく感《かん》じられる。

中《なか》でもいちばんスピードがあって、ジャンプの勢《いきお》いもあるのが瀬賀《せが》くんだった。

フリーの「白鳥《はくちょう》の羽根《はね》ひらひら」の衣装《いしょう》とは雰囲気《ふんいき》のちがう、黒《くろ》ズボン＋白《しろ》シャツ＋ブルーのネクタイという、ふだん着《ぎ》みたいな衣装《いしょう》も、瀬賀《せが》くんが着《き》るとすごくカッコいい。

何度《なんど》か挑戦《ちょうせん》しているトリプルアクセルも、あぶなげなく決《き》まっている。

もしかしたら動揺《どうよう》してたりするかも、なんて心配《しんぱい》したんだけど、瀬賀《せが》くんも鋼《はがね》のメンタルだからだいじょうぶみたい。

練習時間終了《れんしゅうじかんしゅうりょう》のアナウンスがあって、あとの五人《にん》はリンクから引《ひ》きあげて、瀬賀《せが》くんだけがゆっくりとリンク内《ない》をすべっている。

「一番《ばん》、瀬賀冬樹《せがふゆき》くん。桜ヶ丘《さくらがおか》スケートクラブ。」

名前《なまえ》をコールされるとすぐに、瀬賀《せが》くんは両手《りょうて》をあげながらリンク中央《ちゅうおう》にすべっていった。

「冬樹《ふゆき》ガンバ！」

友《とも》だちの男子選手《だんしせんしゅ》たちから、太《ふと》い声《こえ》の声援《せいえん》がとんでいる。

「冬樹《ふゆき》くんガンバ〜！」

「瀬賀《せが》くんガンバ！」

女《おんな》の子《こ》たちの黄色《きいろ》い声援《せいえん》は、男子《だんし》たちの何倍《なんばい》も大《おお》きくひびく。その中《なか》にまぎれて、わたしも「瀬賀《せが》くんガンバ！」と、なんとか声《こえ》をしぼりだした。

すると、気《き》のせいだと思《おも》うけど、瀬賀《せが》くんが一瞬《いっしゅん》こっちを見《み》たような気《き》がした。

えっ、と思《おも》うまもなく、リンクに音楽《おんがく》がひびきわたった。

はねるようなドラムの音《おと》に乗《の》って、ジャンプの助走《じょそう》の速度《そくど》を上《あ》げていく。

このままリンクをななめに横切《よこぎ》っていって、管楽器《かんがっき》が『シング・シング・シング』のメロディーを吹《ふ》き鳴《な》らすのと同時《どうじ》に、豪快《ごうかい》にトリプルアクセルをとんだ。

……はずだったのに。

氷面《ひょうめん》をふみきってとびあがったとき、回転《かいてん》の軸《じく》がきゅっとしまらずに、ふわっとほどけてしまった。

拍手《はくしゅ》の代《か》わりに、タメ息《いき》が会場《かいじょう》にひろがっていく。

ただとびあがっただけに見《み》える一回転半《かいてんはん》ジャンプは、いわゆる「パンク」や「ぬけ」といわれる失敗《しっぱい》ジャンプだ。

瀬賀《せが》くん、どうしちゃったんだろう。

さっきの六分間練習《ぷんかんれんしゅう》では、ほんとにきれいにとべていたのに。

今《いま》の採点法《さいてんほう》では、派手《はで》に転倒《てんとう》したとしても三回転《かいてん》さえしていれば、転倒《てんとう》しないパンクしたジャンプより点《てん》が高《たか》くなる。

逆《ぎゃく》に、パンクすることがいちばんいたい失敗《しっぱい》っていうことなの。

でも、まだ始《はじ》まったばかりだし、ジャンプはあと二つある。

実《じつ》は、トリプルルッツ＋トリプルトウループのコンビネーションのほうが、大技《おおわざ》・トリプルアクセルよりも高得点《こうとくてん》がもらえるから、そんなに気《き》にすることないんだよね。

そう思《おも》って見《み》ていたとき、信《しん》じられないことがおこった。

トリプルルッツの着氷《ちゃくひょう》でバランスをくずし、オーバーターンしてしまったせいで、二つ目《め》のジャンプ、トリプルトウループがとべなくなってしまったんだ。

もう、なにがおこったのかわからなくて、呆然《ぼうぜん》としていると、横《よこ》にいた真白《ましろ》ちゃんがもう一度《いちど》「ガンバ！」と声《こえ》をかけた。

そうだよ、わたしも応援《おうえん》しなきゃ。

みんなが応援《おうえん》してるんだよ、って伝《つた》えなきゃ。

「瀬賀《せが》くんガンバッ！」

はげましの声《こえ》に乗《の》って、ステップからのトリプルフリップに向《む》かっていく。

コンパルソリーできたえたエッジさばきは、すごくなめらかで、メリハリのついたステップがふめていた。

なのに、やっぱりとびあがる瞬間《しゅんかん》になって、タイミングが合《あ》わなくなっていた。

ショートプログラムはジャンプの数《かず》が少《すく》ないので、ひとつひとつを大事《だいじ》にしなきゃいけないのに、三つとも失敗《しっぱい》してしまうなんて。

いろんな種類《しゅるい》のスピンはどれも回転《かいてん》が速《はや》いし、ステップもエッジを深《ふか》く倒《たお》していねいにふんでいるし、ジャンプ以外《いがい》はうまくできていたと思《おも》う。

だけど、ジャンプがぬけてしまっては、もう高得点《こうとくてん》は期待《きたい》できない。

演技《えんぎ》が終《お》わり、キスクラにすわった瀬賀《せが》くんは、ずっとうつむいてくちびるをかんだままだった。寺島先生《てらしませんせい》が話《はな》しかけても、弱々《よわよわ》しく首《くび》を振《ふ》るだけ。

ふだんの得点《とくてん》より二十点以上《てんいじょう》低《ひく》い点《てん》に、場内《じょうない》が大《おお》きくどよめいた。


こんなボロボロの演技《えんぎ》をした瀬賀《せが》くん、今《いま》まで見《み》たことがなかった。

ケガでろくに練習《れんしゅう》できてなかったせい？　……もあるかもしれないけど、それよりも、頭《あたま》の中《なか》が混乱《こんらん》してたから、うまく体《からだ》が動《うご》かなかったんだよ、きっと。

本番直前《ほんばんちょくぜん》だったのに、わたしが変《へん》なこと口走《くちばし》ってしまったから。

だから、混乱《こんらん》してしまったんだ。

キスクラから引《ひ》きあげていく瀬賀《せが》くんは、やっぱり少《すこ》し足《あし》を引《ひ》きずっているように見《み》える。

歩《ある》いていくときも、ほとんど顔《かお》が上《あ》げられなくて、泣《な》いているみたいだった。

どうしよう。

あんな状態《じょうたい》の瀬賀《せが》くんに、声《こえ》なんかかけられないよ。

きっと「こんなときにからかうな！」っていわれてしまう。

でも「信《しん》じてもらえないかもしれないから。」なんていう理由《りゆう》で、花音《かのん》さんのことをこれからもかくしておくなんて、そんなわけにはいかないし。

もしかしたら、ちゃんと聞《き》いてもらえるかもしれないから、とにかく声《こえ》をかけなきゃいけないのに。

わたし、腰《こし》がぬけたみたいになってしまって、控《ひか》え室《しつ》にもどっていく瀬賀《せが》くんの背中《せなか》を見《み》つめていることしかできなかった。

「これ以上《いじょう》ゴタゴタしてたら、かすみちゃんの演技《えんぎ》にも影響《えいきょう》してしまうかもしれんし。冬《ふゆ》樹《き》のことはさがさんと、まず自分《じぶん》の演技《えんぎ》に集中《しゅうちゅう》して、そのあとで話《はな》しにいったらええから。」

真白《ましろ》ちゃんにそういってもらえたことにあまえて、瀬賀《せが》くんには今日《きょう》の試合《しあい》が終《お》わってから話《はな》すことに決《き》めた。

ちゃんと話《はな》せるよう気持《きも》ちのあと押《お》しになるように、実力《じつりょく》を出《だ》しきったいい演技《えんぎ》をしなきゃ。

ひとつ前《まえ》の第《だい》三グループの最終滑走者《さいしゅうかっそうしゃ》、優羽《ゆう》ちゃんの演技中《えんぎちゅう》に第《だい》四グループの六人《にん》がリンクサイドに待機《たいき》する。

優羽《ゆう》ちゃんは、鍵盤《けんばん》の上《うえ》をはねまわっているようなピアノのメロディーに合《あ》わせて、レイバックスピンを回《まわ》っていた。

曲《きょく》はリストの『ラ・カンパネラ』。ピアノカラーの白《しろ》と黒《くろ》の衣装《いしょう》で、音《おと》の渦《うず》と共鳴《きょうめい》するようなスピンの渦《うず》を作《つく》りだしている。

フリーレッグを後《うし》ろに上《あ》げて、いったん首《くび》の後《うし》ろあたりで止《と》めたヘアカッターというポジションを保《たも》ってから、一気《いっき》に足《あし》を上《うえ》まで引《ひ》きあげた。

そのまま頭上《ずじょう》にひっぱり上《あ》げたビールマンポジションから、上《あ》げた足《あし》の膝《ひざ》の裏《うら》あたりを両手《りょうて》で引《ひ》きよせ一直線《いっちょくせん》を作《つく》る、キャンドルスピンになって高速回転《こうそくかいてん》を続《つづ》けた。

観客《かんきゃく》も大盛《おおも》り上《あ》がりのまま、優羽《ゆう》ちゃんは演技《えんぎ》を終《お》えた。

リンクから出《で》てキスクラに向《む》かいながら、優羽《ゆう》ちゃんがわたしのほうに手《て》を振《ふ》ってくれた。

「ガンバ！」と口《くち》の形《かたち》だけでいうのが見《み》えて、なんだかうれしくてちょっと泣《な》きそうになりながら手《て》を振《ふ》った。

ショートプログラムを試合《しあい》ですべるのははじめてだけど、以前《いぜん》すべったこともある曲《きょく》だし、きっとなんとかなりそうな気《き》がする。

公式練習《こうしきれんしゅう》では、トリプルフリップ以外《いがい》のジャンプは、うまくとべていたし、落《お》ち着《つ》いてそこさえがんばれば……。

そう思《おも》って六分間練習《ぷんかんれんしゅう》のリンクに入《はい》ろうとしたとき、氷《こおり》の上《うえ》でシャラン……と小《ちい》さな音《おと》がした。

「えっ？」

身《み》をかがめて氷面《ひょうめん》を見《み》てみると、そこには白《しろ》と銀色《ぎんいろ》に光《ひか》るものが落《お》ちている。

まさか、と思《おも》うようなことが、おこってしまった。花音《かのん》さんにもらったお守《まも》りペンダントの、ビーズのチェーンがとちゅうでプッツリ切《き》れている！

どうしよう、留《と》め金《がね》がはずれたのなら留《と》めなおせばいいけど、チェーンが切《き》れたのなんて、すぐには直《なお》せない。

「かすみちゃん。ペンダント、こわれてるのを無理《むり》につけちゃダメだよ。あぶないから、預《あず》かっとくね。」

なにも知《し》らない寺島先生《てらしませんせい》は、ただのアクセサリーだと思《おも》って、ペンダントを持《も》っていってしまった。

持《も》っていっちゃダメなんていえないし、いってもしかたないのはわかってる。だってペンダントは、こわれてしまったんだから。

だいじょうぶ……だいじょうぶだよね。

桜ヶ丘《さくらがおか》スケートクラブに入《はい》る前《まえ》は、お守《まも》りペンダントがなくても、すべってたじゃないの。

自分《じぶん》にいいきかせるつもりでそう考《かんが》えて、逆《ぎゃく》に不安《ふあん》になった。

だってあのころは、パパがいた。

パパがずっと見守《みまも》ってくれて、声《こえ》をかけてくれて……パパがいたから、緊張《きんちょう》するような試合《しあい》でも、とにかく前《まえ》にすべりだすことができたの。

パパがいなくなって、はじめての試合《しあい》はボロボロで、失敗《しっぱい》から立《た》ち直《なお》ることもできなかった。

泣《な》いてあきらめることしかできなかった。

もう、あんな思《おも》いをするのはイヤなのに、あのときと同《おな》じように、体《からだ》が重《おも》くて前《まえ》に進《すす》まない。

なんとかフェンスぎわまでもどって、立《た》ち止《ど》まって深呼吸《しんこきゅう》した。

胸《むね》にそっとあてた手《て》の中《なか》に、あのペンダントはないけど。

大切《たいせつ》なおまじないの言葉《ことば》は、いつでもわたしの中《なか》にあるはずだから。

——だいじょうぶだよ。

自分《じぶん》を信《しん》じて、とんでごらん。

かすみなら、きっとできる！——

パパの声《こえ》が胸《むね》の奥《おく》からひびいてきて。

その声《こえ》に背中《せなか》を押《お》されて、もう一度《いちど》すべりだした。

なんとかジャンプをとべるように、体《からだ》の動《うご》きがもどってきたころ、六分間練習《ぷんかんれんしゅう》が終《お》わった。

フェンスごしに、先生《せんせい》と見《み》つめ合《あ》って軽《かる》く握手《あくしゅ》を交《か》わす。

「さっき、急《きゅう》に顔色《かおいろ》が悪《わる》くなってたけど、もうだいじょうぶみたいだね。」

「はい。」

「じゃあ、思《おも》いきってとんでおいで！」

ブンッと手《て》を振《ふ》って放《はな》した瞬間《しゅんかん》、名前《なまえ》がコールされ、リンクの中央《ちゅうおう》にすべっていく。

音楽《おんがく》が流《なが》れだして、おどろおどろしいトリルの音《おと》に乗《の》って、ジャンプの助走《じょそう》に入《はい》る。

ママの入院《にゅういん》なんかで練習時間《れんしゅうじかん》は少《すく》なかったけど、よくおぼえている曲《きょく》なのと、得意《とくい》なジャンプが組《く》み合《あ》わさって、タイミングはバッチリだ。

トリプルループからトリプルトウループが、完《かん》ぺきに決《き》まった。

次《つぎ》のトリプルフリップも、少《すこ》し軸《じく》がブレたけど、なんとか着氷《ちゃくひょう》できた。

フライングシットスピン、コンビネーションスピン……あまり得意《とくい》じゃなかったスピンも、優羽《ゆう》ちゃんのスピンをお手本《てほん》にして、炎《ほのお》がゆらめくような手《て》の動《うご》きを考《かんが》えながら練習《れんしゅう》していくうちに、前《まえ》より速《はや》く回《まわ》れるようになっていた。

ダブルアクセルは、少《すこ》しふみきりで構《かま》えすぎたせいかまた着氷《ちゃくひょう》が乱《みだ》れたけど、回転《かいてん》はできてたから、なんとかだいじょうぶだよね。

あんなに体《からだ》が重《おも》く感《かん》じて、もうダメかと思《おも》ってたのがウソみたい。

このまま最後《さいご》まですべりきれるかも、と思《おも》ったときだった。

ストレートラインステップの始《はじ》まる場所《ばしょ》で、足《あし》が動《うご》かなくなった。

次《つぎ》にどう動《うご》くはずだったのか、忘《わす》れてしまっていて。

頭《あたま》の中《なか》が真《ま》っ白《しろ》になったみたいに、なにもわからなくなってしまってた。

そこまですべってきた勢《いきお》いで、なんとなく前《まえ》に進《すす》んでるけど、そんなのぜんぜんステップじゃないし。

動《うご》きがおかしいことに気《き》づいて、観客《かんきゃく》もざわざわしている。

なんとかリンクのはしまでたどりついて、あとはラストのスピンだけになっても、頭《あたま》の中《なか》は真《ま》っ白《しろ》なまま。

今《いま》まで練習《れんしゅう》してきたこと全部《ぜんぶ》、ブチこわすような、いいかげんなスピンを回《まわ》りながら、

心《こころ》の中《なか》もからっぽになっていた。

わたし、もう、ダメかも。

こんなボロボロの演技《えんぎ》じゃ、きっとフリーには進《すす》めない。

もし運《うん》よくフリーに進《すす》めたとしても、ペンダントがこわれてしまったんじゃ、またボロボロの演技《えんぎ》しかできないよ。

せっかく、あこがれの全日本《ぜんにほん》ジュニアに出《で》られたのに、わたし、なにやってるんだろう。

瀬賀《せが》くんの支《ささ》えになるどころか、動揺《どうよう》させて傷《きず》つけて、足《あし》をひっぱっただけじゃないの。

もう、これ以上《いじょう》すべりたくない。

スケートなんてやめてしまいたい。

まだリンクの真《ま》ん中《なか》であいさつしてるのに、涙《なみだ》があふれて止《と》まらなかった。

（次巻《じかん》につづく）

＊著者紹介

風野《かぜの》　潮《うしお》

大阪府生まれ。大学時代は吹奏楽部に所属。第38回講談社児童文学新人賞を受賞した『ビート・キッズ』で1998年にデビュー。同作で第36回野間児童文芸新人賞・第9回椋鳩十児童文学賞受賞。ほかの作品に，『ビート・キッズⅡ』，『レントゲン』，「クリスタル エッジ」シリーズ，「竜巻少女」シリーズ（以上，講談社），「エリアの魔剣」シリーズ（岩崎書店），『モデラートで行こう♪』（ポプラ社），『ゲンタ！』（ほるぷ出版）などがある。

＊画家紹介

Nardack《ナルダク》

セーラームーン，魔法少女が大好きなイラストレーター。おもな挿絵に，『失恋探偵ももせ』（KADOKAWA），『睦笠神社と神さまじゃない人たち』（宝島社）などがある。

講談社　青い鳥文庫　　283-8

氷《こおり》の上《うえ》のプリンセス
こわれたペンダント

風野《かぜの》　潮《うしお》

2015年２月15日　第１刷発行
2015年４月３日　第２刷発行

（定価はカバーに表示してあります。）

発行者　清水保雅
発行所　株式会社講談社
　　　　東京都文京区音羽2-12-21　郵便番号112-8001
　　　　電話　出版部（03）5395-3536
　　　　　　　販売部（03）5395-3625
　　　　　　　業務部（03）5395-3615

N.D.C.913　212p　18cm

装　丁　久住和代
印　刷　図書印刷株式会社
製　本　図書印刷株式会社
本文データ制作　講談社デジタル製作部

ISBN978-4-06-285469-6

おもしろい話がいっぱい！

パスワード シリーズ

- パスワードは、ひ・み・つ new　松原秀行
- パスワードのおくりもの new　松原秀行
- パスワードに気をつけて new　松原秀行
- パスワード謎旅行 new　松原秀行
- パスワードとホームズ4世 new　松原秀行
- 続・パスワードとホームズ4世 new　松原秀行
- パスワード「謎《パズル》」ブック　松原秀行
- パスワードvs.紅カモメ　松原秀行
- パスワードで恋をして　松原秀行
- パスワード龍《ドラゴン》伝説　松原秀行
- パスワード魔法都市　松原秀行
- パスワード春夏秋冬(上)(下)　松原秀行
- 魔法都市外伝 パスワード幽霊ツアー　松原秀行
- パスワード地下鉄ゲーム　松原秀行
- パスワード四百年パズル「謎《パズル》」ブック2　松原秀行
- パスワード菩薩崎決戦　松原秀行
- パスワード風浜クエスト　松原秀行
- パスワード忍びの里 卒業旅行編　松原秀行
- パスワード怪盗ダルジュロス伝　松原秀行
- パスワード悪魔の石　松原秀行
- パスワードダイヤモンド作戦！　松原秀行
- パスワード悪の華　松原秀行
- パスワード　ドードー鳥の罠《わな》　松原秀行
- パスワード　レイの帰還　松原秀行
- パスワード　まぼろしの水　松原秀行
- パスワード　終末大予言　松原秀行
- パスワード　暗号バトル　松原秀行
- パスワード外伝　猫耳探偵まどか　松原秀行
- パスワード外伝　恐竜パニック　松原秀行
- パスワード　渦巻き少女《ガール》　松原秀行
- パスワード　東京パズルデート　松原秀行

名探偵夢水清志郎 シリーズ

- そして五人がいなくなる　はやみねかおる
- 亡霊《ゴースト》は夜歩く　はやみねかおる
- 消える総生島　はやみねかおる
- 魔女の隠れ里　はやみねかおる
- 踊る夜光怪人　はやみねかおる
- 機巧館《からくりやかた》のかぞえ唄　はやみねかおる
- ギヤマン壺の謎　はやみねかおる
- 徳利長屋の怪　はやみねかおる
- 人形は笑わない　はやみねかおる
- 「ミステリーの館」へ、ようこそ　はやみねかおる
- あやかし修学旅行　鵺《ぬえ》のなく夜　はやみねかおる
- 笛吹き男とサクセス塾の秘密　はやみねかおる
- オリエント急行とパンドラの匣《ケース》　はやみねかおる
- ハワイ幽霊城の謎　はやみねかおる
- 卒業　開かずの教室を開けるとき　はやみねかおる
- 名探偵vs.怪人幻影師　はやみねかおる
- 名探偵vs.学校の七不思議　はやみねかおる
- 名探偵と封じられた秘宝　はやみねかおる

怪盗クイーン シリーズ

- 怪盗クイーンはサーカスがお好き　はやみねかおる
- 怪盗クイーンの優雅な休暇《バカンス》　はやみねかおる

講談社　青い鳥文庫

怪盗クイーンと魔窟王《まくつおう》の対決　はやみねかおる
怪盗クイーン、仮面舞踏会にて　はやみねかおる
怪盗クイーンに月の砂漠を　はやみねかおる
怪盗クイーン、かぐや姫は夢を見る　はやみねかおる
怪盗クイーンと悪魔の錬金術師　はやみねかおる
怪盗クイーンと魔界の陰陽師　はやみねかおる
怪盗道化師《ピエロ》　はやみねかおる
バイバイ スクール　はやみねかおる
オタカラウォーズ　はやみねかおる
少年名探偵WHO《フー》 透明人間事件　はやみねかおる
少年名探偵虹北恭助の冒険　はやみねかおる
ぼくと未来屋の夏　はやみねかおる
恐竜がくれた夏休み　はやみねかおる

タイムスリップ探偵団 シリーズ

坊っちゃんは名探偵!　楠木誠一郎
ご隠居さまは名探偵!　楠木誠一郎
お局さまは名探偵!　楠木誠一郎
うつけ者は名探偵!　楠木誠一郎
陰陽師は名探偵!　楠木誠一郎
大泥棒は名探偵!　楠木誠一郎
女王さまは名探偵!　楠木誠一郎
牛若丸は名探偵!　楠木誠一郎
坂本龍馬は名探偵!!　楠木誠一郎
平賀源内は名探偵!!　楠木誠一郎
聖徳太子は名探偵!!　楠木誠一郎
新選組は名探偵!!　楠木誠一郎
豊臣秀吉は名探偵!!　楠木誠一郎
福沢諭吉は名探偵!!　楠木誠一郎
一休さんは名探偵!!　楠木誠一郎
安倍晴明は名探偵!!　楠木誠一郎
宮沢賢治は名探偵!!　楠木誠一郎
宮本武蔵は名探偵!!　楠木誠一郎
徳川家康は名探偵!!　楠木誠一郎
平清盛は名探偵!!　楠木誠一郎
織田信長は名探偵!!　楠木誠一郎
真田幸村は名探偵!!　楠木誠一郎
源義経は名探偵!!　楠木誠一郎
清少納言は名探偵!!　楠木誠一郎
黒田官兵衛は名探偵!!　楠木誠一郎
伊達政宗は名探偵!!　楠木誠一郎
西郷隆盛は名探偵!!　楠木誠一郎

ぼくたちのトレジャーを探せ!(1)〜(3)　楠木誠一郎
ステップファザー・ステップ　宮部みゆき
今夜は眠れない　宮部みゆき
この子だれの子　宮部みゆき
かまいたち　宮部みゆき
マサの留守番　宮部みゆき
蒲生邸《がもうてい》事件(前編・後編)　宮部みゆき
怪盗パピヨン(1)〜(3)　関田 涙
七時間目の怪談授業　藤野恵美
七時間目の占い入門　藤野恵美
七時間目のUFO研究　藤野恵美
お嬢様探偵ありすと少年執事ゆきとの事件簿(1)〜(6)　藤野恵美
探偵ココ☆ナッツ(1)〜(3)　田中利々
スパイ・ドッグ　コープ
天才犬ララ、危機一髪!?　コープ
わたしがボディガード!? 事件ファイル(1)〜(3)　福田隆浩
ぼくが探偵だった夏　内田康夫
耳なし芳一からの手紙　内田康夫

おもしろい話がいっぱい！

若おかみは小学生！ シリーズ

若おかみは小学生！(1)～(20)　令丈ヒロ子
おっこのTAIWANおかみ修業！　令丈ヒロ子
若おかみは小学生！スペシャル短編集(1)～(2)　令丈ヒロ子
メニメニハート　令丈ヒロ子
おっことチョコの魔界ツアー　令丈ヒロ子／石崎洋司
恋のギューピッド大作戦！　令丈ヒロ子／石崎洋司

黒魔女さんが通る!! シリーズ

黒魔女さんが通る!!(0)～(18)　石崎洋司
黒魔女の騎士ギューバッド(1)～(2)　石崎洋司
そのトリック、あばきます。　石崎洋司
またまたトリック､あばきます。　石崎洋司

摩訶不思議ネコ・ムスビ シリーズ

秘密のオルゴール　池田美代子
迷宮のマーメイド　池田美代子
虹の国バビロン　池田美代子
海辺のラビリンス　池田美代子
幻の谷シャングリラ　池田美代子
太陽と月のしずく　池田美代子
氷と霧の国トゥーレ　池田美代子
白夜のプレリュード　池田美代子
黄金の国エルドラド　池田美代子
砂漠のアトランティス　池田美代子
冥府の国ラグナロータ　池田美代子
遥かなるニキラアイナ　池田美代子

新 妖界ナビ・ルナ シリーズ

新 妖界ナビ・ルナ(1)～(11)　池田美代子

テレパシー少女「蘭」 シリーズ

ねらわれた街　あさのあつこ
闇からのささやき　あさのあつこ
私の中に何かがいる　あさのあつこ
時を超えるSOS　あさのあつこ
髑髏《どくろ》は知っていた　あさのあつこ
人面瘡《じんめんそう》は夜笑う　あさのあつこ
ゴースト館の謎　あさのあつこ
さらわれた花嫁　あさのあつこ
宇宙《そら》からの訪問者　あさのあつこ
12歳 ―出逢いの季節― (1)　あさのあつこ
風の館の物語(1)～(4)　あさのあつこ
獣の奏者(1)～(8)　上橋菜穂子

魔女館 シリーズ

魔女館へようこそ　つくもようこ
魔女館と秘密のチャンネル　つくもようこ
魔女館と月の占い師　つくもようこ

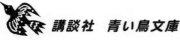

おもしろい話がいっぱい！

- いちご(1)〜(5)　倉橋燿子
- ペガサスの翼（上）（中）（下）　倉橋燿子
- パセリ伝説 水の国の少女(1)〜(12)　倉橋燿子
- パセリ伝説外伝 守り石の予言　倉橋燿子
- ラ・メール星物語 ラテラの樹　倉橋燿子
- ラ・メール星物語 フラムに眠る石　倉橋燿子
- ラ・メール星物語 フラムの青き炎　倉橋燿子
- ラ・メール星物語 風の国の小さな女王　倉橋燿子
- ラ・メール星物語 アクアの祈り　倉橋燿子
- 魔女の診療所(1)〜(8)　倉橋燿子
- ドジ魔女ヒアリ(1)〜(2)　倉橋燿子

泣いちゃいそうだよ シリーズ

- 泣いちゃいそうだよ　小林深雪
- もっと泣いちゃいそうだよ　小林深雪
- いいこじゃないよ　小林深雪
- ひとりじゃないよ　小林深雪
- ほんとは好きだよ　小林深雪
- かわいくなりたい　小林深雪

- ホンキになりたい　小林深雪
- いっしょにいようよ　小林深雪
- もっとかわいくなりたい　小林深雪
- 夢中になりたい　小林深雪
- 信じていいの？　小林深雪
- きらいじゃないよ　小林深雪
- ずっといっしょにいようよ　小林深雪
- やっぱりきらいじゃないよ　小林深雪
- 大好きがやってくる 七星《ななせ》編　小林深雪
- 大好きをつたえたい 北斗《ほくと》編　小林深雪
- 大好きな人がいる 北斗《ほくと》&七星《ななせ》編　小林深雪
- 泣いてないってば！　小林深雪
- 神様しか知らない秘密　小林深雪
- 七つの願いごと　小林深雪
- 転校生は魔法使い　小林深雪
- わたしに魔法が使えたら　小林深雪
- 天使が味方についている　小林深雪

四年一組ミラクル教室 シリーズ

- それはくしゃみではじまった　服部千春
- 学校の怪談!?　服部千春

- 名前なんて、キライ！　服部千春
- ウソじゃないもん　服部千春
- 大きくなったらなにになる　服部千春
- いじけちゃうもん　服部千春
- 恋かもしれない　服部千春
- またあえるよね　服部千春
- ここは京まち、不思議まち(1)〜(4)　服部千春
- トキメキ♥図書館(1)〜(9)　服部千春

- ビビビンゴ！ へこまし隊　東多江子
- ヒップ☆ホップにへこましたい！　東多江子
- ミラクル☆くるりんへこましたい！　東多江子
- 恋して☆オリーブへこましたい！　東多江子
- ドントマーインド☆へこましたい！　東多江子
- 天使よ、走れ☆へこましたい！　東多江子
- ビリーに幸あれ🐾へこましたい！　東多江子
- 素直になれたら☆へこましたい！　東多江子
- ねらわれた星《スター》　東多江子
- 負けるもんか　東多江子
- ずっと友だち　東多江子

予知夢がくる！(1)〜(4)　東 多江子
バースディクラブ(1)〜(6)　名木田恵子
初恋×12歳　名木田恵子
ギャング・エイジ　阿部夏丸
エンジンスタート！ ドクターヘリ物語(1)　岩貞るみこ
テイクオフ！ ドクターヘリ物語(2)　岩貞るみこ
フライトナース ハナ(1)〜(2)　岩貞るみこ
パパは誘拐犯　八束澄子
わたしの、好きな人　八束澄子
ハラヒレフラガール！　伊藤クミコ
おしゃれ怪盗クリスタル(1)〜(5)　伊藤クミコ
桜小なんでも修理クラブ！(1)〜(3)　深月ともみ
氷の上のプリンセス(1)〜(4)　風野 潮

探偵チームKZ《カッズ》事件ノート シリーズ

消えた自転車は知っている　藤本ひとみ／原作　住滝 良／文
切られたページは知っている　藤本ひとみ／原作　住滝 良／文
キーホルダーは知っている　藤本ひとみ／原作　住滝 良／文
卵ハンバーグは知っている　藤本ひとみ／原作　住滝 良／文
緑の桜は知っている　藤本ひとみ／原作　住滝 良／文
シンデレラ特急は知っている　藤本ひとみ／原作　住滝 良／文
シンデレラの城は知っている　藤本ひとみ／原作　住滝 良／文
クリスマスは知っている　藤本ひとみ／原作　住滝 良／文
裏庭は知っている　藤本ひとみ／原作　住滝 良／文
初恋は知っている 若武編　藤本ひとみ／原作　住滝 良／文
天使が知っている　藤本ひとみ／原作　住滝 良／文
バレンタインは知っている　藤本ひとみ／原作　住滝 良／文
ハート虫は知っている　藤本ひとみ／原作　住滝 良／文
お姫さまドレスは知っている　藤本ひとみ／原作　住滝 良／文
青いダイヤが知っている　藤本ひとみ／原作　住滝 良／文
赤い仮面は知っている　藤本ひとみ／原作　住滝 良／文
黄金の雨は知っている　藤本ひとみ／原作　住滝 良／文
クリスマスケーキは知っている　藤本ひとみ／原作　住滝 良／文

歴史発見！ドラマシリーズ

マリー・アントワネット物語(上)(中)(下)　藤本ひとみ
美少女戦士ジャンヌ・ダルク物語　藤本ひとみ

新島八重物語《にいじまやえものがたり》 幕末・維新の銃姫《じゅうき》　藤本ひとみ

戦国武将物語 シリーズ

織田信長 炎の生涯　小沢章友
豊臣秀吉 天下の夢　小沢章友
徳川家康 天下太平　小沢章友
黒田官兵衛 天下一の軍師　小沢章友
武田信玄と上杉謙信　小沢章友
平 清盛 運命の武士王　小沢章友
飛べ！ 龍馬 坂本龍馬物語　小沢章友

源氏物語 あさきゆめみし(1)〜(5)　大和和紀／原作　時海結以／文
平家物語 夢を追う者　時海結以
竹取物語 蒼き月のかぐや姫　時海結以
枕草子 清少納言のかがやいた日々　時海結以

Yシリーズ

中学生向け・ヤングアダルト《YA》のための青い鳥文庫

air《エア》 だれも知らない5日間　名木田恵子
レネット 金色の林檎　名木田恵子
ピアニッシシモ　梨屋アリエ
でりばりぃAge《エイジ》　梨屋アリエ
十一月の扉　高楼方子

おもしろい話がいっぱい！

コロボックル物語

- だれも知らない小さな国　佐藤さとる
- 豆つぶほどの小さないぬ　佐藤さとる
- 星からおちた小さな人　佐藤さとる
- ふしぎな目をした男の子　佐藤さとる
- 小さな国のつづきの話　佐藤さとる
- コロボックル童話集　佐藤さとる
- 小さな人のむかしの話　佐藤さとる

モモちゃんとアカネちゃんの本

- ちいさいモモちゃん　松谷みよ子
- モモちゃんとプー　松谷みよ子
- モモちゃんとアカネちゃん　松谷みよ子
- ちいさいアカネちゃん　松谷みよ子
- アカネちゃんとお客さんのパパ　松谷みよ子
- アカネちゃんのなみだの海　松谷みよ子

- 龍の子太郎　松谷みよ子
- ふたりのイーダ　松谷みよ子

クレヨン王国 シリーズ

- クレヨン王国の十二か月　福永令三
- クレヨン王国の花ウサギ　福永令三
- クレヨン王国　いちご村　福永令三
- クレヨン王国のパトロール隊長　福永令三
- クレヨン王国の白いなぎさ　福永令三
- クレヨン王国　七つの森　福永令三
- クレヨン王国　なみだ物語　福永令三
- クレヨン王国　まほうの夏　福永令三
- クレヨン王国　新十二か月の旅　福永令三
- クレヨン王国　黒の銀行　福永令三

キャプテン シリーズ

- キャプテンはつらいぜ　後藤竜二
- キャプテン、らくにいこうぜ　後藤竜二
- キャプテンがんばる　後藤竜二

- ふしぎなおばあちゃん×12　柏葉幸子
- りんご畑の特別列車　柏葉幸子

- かくれ家は空の上　柏葉幸子
- 霧のむこうのふしぎな町　柏葉幸子
- 地下室からのふしぎな旅　柏葉幸子
- 天井うらのふしぎな友だち　柏葉幸子
- 魔女モティ(1)〜(2)　柏葉幸子
- 大どろぼうブラブラ氏　角野栄子
- ママの黄色い子象　末吉暁子
- 少年H(上)(下)　妹尾河童
- ぼくらのサイテーの夏　笹生陽子
- リズム　森 絵都
- DIVE《ダイブ》!!(1)〜(4)　森 絵都
- ユタとふしぎな仲間たち　三浦哲郎
- 海の王子　三田誠広
- 星の砦《とりで》　芝田勝茂
- さすらい猫ノアの伝説(1)〜(2)　重松 清
- ビート・キッズ　風野 潮
- 竜巻少女《トルネードガール》(1)〜(3)　風野 潮
- 南の島のティオ　池澤夏樹

講談社　青い鳥文庫

だいじょうぶ3組　乙武洋匡
ロードムービー　辻村深月
十二歳　椰月美智子
しずかな日々　椰月美智子
幕が上がる　平田オリザ／原作　喜安浩平／脚本　古閑万希子／文
旅猫リポート　有川　浩

日本の名作

つるのよめさま　日本のむかし話(1)23話　松谷みよ子
舌切りすずめ　日本のむかし話(2)24話　松谷みよ子
瓜子姫とあまのじゃく　日本のむかし話(3)24話　松谷みよ子
源氏物語　紫　式部
平家物語　高野正巳
耳なし芳一・雪女　小泉八雲
坊っちゃん　夏目漱石
吾輩は猫である(上)(下)　夏目漱石
くもの糸・杜子春　芥川龍之介
次郎物語(上)(下)　下村湖人

宮沢賢治童話集
1 注文の多い料理店　宮沢賢治
2 風の又三郎　宮沢賢治
3 銀河鉄道の夜　宮沢賢治
4 セロひきのゴーシュ　宮沢賢治
舞姫　森　鷗外
走れメロス　太宰　治
二十四の瞳　壺井　栄
怪人二十面相　江戸川乱歩
ごんぎつね　新美南吉
伊豆の踊子・野菊の墓　川端康成　伊藤左千夫

ノンフィクション

ほんとうにあった話

川は生きている　富山和子
道は生きている　富山和子
森は生きている　富山和子
お米は生きている　富山和子
白旗の少女　比嘉富子
窓ぎわのトットちゃん　黒柳徹子

トットちゃんとトットちゃんたち　黒柳徹子
五体不満足　乙武洋匡
海よりも遠く　白石康次郎／原案　和智正喜
しっぽをなくしたイルカ　岩貞るみこ
命をつなげ！ドクターヘリ　岩貞るみこ
ハチ公物語　岩貞るみこ
ゾウのいない動物園　岩貞るみこ
読書介助犬オリビア　今西乃子
しあわせになった捨てねこ　今西乃子／原案　青い鳥文庫／編
ひまわりのかっちゃん　西川つかさ
チンパンジーキキの冒険旅行　神戸俊平
マザー・テレサ　沖　守弘
はたらく地雷探知犬　大塚敦子
タロとジロ　南極で生きぬいた犬　東　多江子
盲導犬不合格物語　沢田俊子
ぼくは「つばめ」のデザイナー　水戸岡鋭治
アンネ・フランク物語　小山内美江子

おもしろい話がいっぱい！

世界の物語

ムーミン谷の彗星　ヤンソン
たのしいムーミン一家　ヤンソン
ムーミンパパの思い出　ヤンソン
ムーミン谷の夏まつり　ヤンソン
ムーミン谷の冬　ヤンソン
ムーミン谷の仲間たち　ヤンソン
ムーミンパパ海へいく　ヤンソン
ムーミン谷の十一月　ヤンソン
小さなトロールと大きな洪水　ヤンソン

大きな森の小さな家　ワイルダー
大草原の小さな家　ワイルダー
プラム川の土手で　ワイルダー
シルバー湖のほとりで　ワイルダー
農場の少年　ワイルダー
大草原の小さな町　ワイルダー
この輝かしい日々　ワイルダー

ギリシア神話　遠藤寛子／文
聖書物語〈旧約編・新約編〉　香山彬子／文
三国志　羅　貫中
三国志(1)～(7)　GO！GO！版　小沢章友
三国志英雄列伝　小沢章友

西遊記　呉　承恩
アラジンと魔法のランプ　川真田純子／訳
青い鳥　メーテルリンク
ニルスのふしぎな旅　ラーゲルレーフ
長くつしたのピッピ　リンドグレーン
ピーター・パンとウェンディ　バリ
ふしぎの国のアリス　キャロル
鏡の国のアリス　キャロル
赤毛のアン　モンゴメリ
アンの青春　モンゴメリ
アンの愛情　モンゴメリ
アンの幸福　モンゴメリ
アンの夢の家　モンゴメリ

リトル プリンセス 小公女　バーネット

秘密の花園 (1) ふきげんな女の子　バーネット
秘密の花園 (2) 動物と話せる少年　バーネット
秘密の花園 (3) 魔法の力　バーネット

若草物語　オルコット
若草物語 (2) 夢のお城　オルコット
若草物語 (3) ジョーの魔法　オルコット
若草物語 (4) それぞれの赤い糸　オルコット

あしながおじさん　ウェブスター
飛ぶ教室　ケストナー
クリスマス キャロル　ディケンズ
賢者の贈り物　O・ヘンリー

講談社　青い鳥文庫

アルプスの少女ハイジ　スピリ
星の王子さま　サン＝テグジュペリ
オズの魔法使い　ドロシーとトトの大冒険　バーム
名犬ラッシー　ナイト
フランダースの犬　ウィーダ
レ・ミゼラブル　ああ無情　ユーゴー
巌窟王　モンテ＝クリスト伯　デュマ
三銃士　デュマ

トム・ソーヤーの冒険　トウェーン
シートン動物記　おおかみ王ロボ　ほか　シートン
シートン動物記　岩地の王さま　ほか　シートン
シートン動物記　タラク山のくま王　ほか　シートン
ファーブルの昆虫記　ファーブル
ガリバー旅行記　スウィフト
十五少年漂流記　ベルヌ
海底2万マイル　ベルヌ
タイムマシン　ウェルズ
失われた世界　ドイル
宝島　スチーブンソン
ロビンソン漂流記　デフォー
ハヤ号セイ川をいく　ピアス
オリエント急行殺人事件　クリスティ
ルパン対ホームズ　ルブラン

名探偵ホームズ シリーズ

名探偵ホームズ　赤毛組合　ドイル
名探偵ホームズ　バスカビル家の犬　ドイル
名探偵ホームズ　まだらのひも　ドイル
名探偵ホームズ　消えた花むこ　ドイル
名探偵ホームズ　緋色の研究　ドイル
名探偵ホームズ　四つの署名　ドイル
名探偵ホームズ　ぶな屋敷のなぞ　ドイル
名探偵ホームズ　最後の事件　ドイル
名探偵ホームズ　恐怖の谷　ドイル
名探偵ホームズ　三年後の生還　ドイル
名探偵ホームズ　囚人船の秘密　ドイル
名探偵ホームズ　六つのナポレオン像　ドイル
名探偵ホームズ　悪魔の足　ドイル
名探偵ホームズ　金縁の鼻めがね　ドイル
名探偵ホームズ　サセックスの吸血鬼　ドイル
名探偵ホームズ　最後のあいさつ　ドイル

「講談社《こうだんしゃ》 青《あお》い鳥《とり》文庫《ぶんこ》」刊行《かんこう》のことば

太陽《たいよう》と水《みず》と土《つち》のめぐみをうけて、葉《は》をしげらせ、花《はな》をさかせ、実《み》をむすんでいる森《もり》。小《こ》鳥《とり》や、けものや、こん虫《ちゅう》たちが、春《はる》・夏《なつ》・秋《あき》・冬《ふゆ》の生活《せいかつ》のリズムに合《あ》わせてくらしている森《もり》。森《もり》には、かぎりない自然《しぜん》の力《ちから》と、いのちのかがやきがあります。

本《ほん》の世界《せかい》も森《もり》と同《おな》じです。そこには、人間《にんげん》の理想《りそう》や知恵《ちえ》、夢《ゆめ》や楽《たの》しさがいっぱいつまっています。

本《ほん》の森《もり》をおとずれると、チルチルとミチルが「青《あお》い鳥《とり》」を追《お》い求《もと》めた旅《たび》で、さまざまな体験《たいけん》を得《え》たように、みなさんも思《おも》いがけないすばらしい世界《せかい》にめぐりあえて、心《こころ》をゆたかにするにちがいありません。

「講談社《こうだんしゃ》 青《あお》い鳥《とり》文庫《ぶんこ》」は、七十年《ねん》の歴史《れきし》を持《も》つ講談社《こうだんしゃ》が、一人《ひとり》でも多《おお》くの人《ひと》のために、すぐれた作品《さくひん》をよりすぐり、安《やす》い定価《ていか》でおおくりする本《ほん》の森《もり》です。その一さつ一さつが、みなさんにとって、青《あお》い鳥《とり》であることをいのって出版《しゅっぱん》していきます。この森《もり》が美《うつく》しいみどりの葉《は》をしげらせ、あざやかな花《はな》を開《ひら》き、明日《あす》をになうみなさんの心《こころ》のふるさととして、大《おお》きく育《そだ》つよう、応援《おうえん》を願《ねが》っています。

昭和《しょうわ》五十五年《ねん》十一月《がつ》

講談社